AF595506

Solo en Este Mundo

Sujeto 001

Gio Canto

Entre Dimensiones nº 1

Solo En Este Mundo
Sujeto 001
Entre Dimensiones 1

ISBN: 978-607-29-5005-4

"Gio Canto Books" es un nombre comercial propiedad de Gio Antonio Canto Gómez, constituido como Persona Física con Actividad Empresarial registrado en México conforme al Código de Comercio y la Ley del Impuesto sobre la Renta.

Primera edición: octubre 2023

Edición impresa y distribuida por Amazon mediante POD

Le dedico mi libro a la gente que siente sola, pero eso no es verdad.

A mi madre por apoyarme en mis locuras

y al Prof. Roberto por también apoyarme.

Contenido

Introducción

¿Te has preguntado alguna vez qué pasaría si despertaras un día y te encontraras completamente solo en el mundo? ¿Sentirías miedo, ansiedad o quizás una profunda tristeza? Esta es la premisa de muchas novelas, películas y series, pero hoy te invito a sumergirte en una historia que te llevará más allá de la soledad y el miedo. Acompañarás a Iván, un hombre que debe superar sus propios demonios internos mientras lucha por sobrevivir en un mundo sin personas. Descubrirás cómo un simple descuido humano puede desencadenar una serie de eventos que cambian la vida tal como la conocemos. Así que, si estás listo para una aventura llena de tensión y misterio. Te invito a leer toda la historia y adentrarte en un mundo sin límites. ¿Estás preparado para descubrir qué hay al final del camino? Adelante, acompáñame en esta aventura.

GIO CANTO

Capítulo 1 Acapulco Gro México

Un día cualquiera. Iván se levantó como de costumbre en Acapulco, pero no recordaba casi nada de su vida. Al despertarse y al asomarse a ver a la ventana para intentar ver un Acapulco lleno de tráfico y de turistas, no encontró nada. De inmediato pensó que algo pasaba. Salió de su casa y fue a la tienda más cercana, pero no había nadie. Fue al teléfono público y en su desesperación, llamó al 911 y nada. Se preguntó que pasaba de regreso a su casa. Luego, encontró una mochila militar con guantes y uniforme táctico. Así que, se quedó pensando qué podría pasar, miró a su computadora, y cuando intentó entrar, no tenía internet. Por lo que regresó a ver a la ventana, y notó que ni las aves cantaban.

—¿Hay alguien ahí? —Gritó Iván, pero no obtuvo respuestas.

Se lo puso su uniforme militar y agarró cosas de su casa, se alistó, se bañó y salió. Ya en la calle, primero fue caminando por toda la avenida. Eran las 12:00 PM, pero no había si un auto ni persona, por lo que siguió caminando hasta un hotel. Entró, pero no había nadie, solo un montón de cosas tiradas como si alguien quisiera escapar de algo. Se llevó del hotel unas toallas y otros tipos de cosas.

Continuó su recorrido y encontró muchos autobuses del transporte público estacionados en las paradas. No había nadie en ellos solo maletas. Siguió caminando y llegó al parque Papagayo donde solo encontró un parque sin nadie y con muy pocos animales. Poco después, encontró una radio. Al encenderla no obtuvo señal y nada. Siguió así por un rato y llego a la playa Papagayo. La bandera estaba a media asta, por lo que se preguntó que pasó. Al bajar a la playa encontró el lugar como de costumbre, pero sin ninguna persona. Regresó a la avenida y llegó a la gran plaza donde entró.

El sitio estaba como de costumbre, pero con negocios cerrados, sin personas, no había nadie, ni guardias, ni nada. Iván entró a una tienda departamental; no había nadie. Agarró botellas de agua, guantes etc... Y un equipo de supervivencia. Pensó que en banco habría alguien, pero nada. La puerta estaba abierta y pudo entrar a bóveda, la cual estaba llena de dinero, aunque sin oro ni materiales preciosos, además las cajas estaban abiertas. Mejor salió del banco. Iván subió las escaleras hasta llegar al cine. Al entrar no encontró nadie, solo se reproducían las películas.

—¡¿Hay alguien aquí?!—Gritó y empezó a llorar.

Salió de la gran plaza y encontró un conche con las llaves puestas; entró a este y viajó a la universidad y al no ver a nadie, se desesperó, pero tenía más ganas de descubrir qué pasaba. Fue a una agencia de vehículos y agarro un Suv, un vehículo utilitario deportivo, para poder viajar, y fue directo a la SRE[1]. Donde entró sin complicaciones. De ahí, fue hasta a la parte trasera donde los empleados veían los anuncios del secretario y notas. En esa sección encontró un documento que era orden presidencial. El escrito indicaba que todas las personas tenían derecho a un pasaporte. Además de que debían recibir y emitir el pasaporte a cualquier mexicano. Lo demás del documento se quemó, porque había una cafetera que se incendió y dañó parte del documento. Sin más, salió de la oficina.

Iván viajó a la gasolinera, donde se surtió, y al ver que no había gente, se fue a la base naval… Nada, nadie estaba,

[1] Secretaría de Relaciones Exteriores.

solo se encontraban los uniformes de campaña, vehículos y un arma. Todo normal. Hasta limpio estaba. De ahí, llegó a la oficina del almirante y encontró una carta del Supremo Líder de las Fuerzas Armadas que decía:

Almirante comandante de la Octava Región Naval.

Presente.

Por medio de la presente, me dirijo a usted con el fin de informarles que, ante la situación actual en el territorio mexicano, se ha tomado la decisión de proceder con la pronta evacuación de todos los elementos a su cargo hacia el aeropuerto Felipe Ángeles de la Ciudad de México. En caso de que la situación empeore y la evacuación del territorio se haga necesaria, se optará por el transporte internacional a través del barco, tal como se detalla en las hojas adjuntas. Es de suma importancia que se sigan los protocolos de evacuación establecidos y se garantice la seguridad y el bienestar de todo el personal a su cargo. Agradezco su atención y colaboración en este asunto tan importante para la seguridad de nuestro país.

Atentamente,

El presidente de los Estados Unidos Mexicanos.

Iván no alcanzó a leer toda la carta porque sonaron unas sirenas. Salió corriendo a los dormitorios y se quedó ahí hasta que el sonido se detuvo, pero en eso, Iván se durmió. Al despertar se levantó y examinó los botes y buques externamente. En ese momento recordó que sabía conducir botes y muchos vehículos, entonces se preguntó que pasó. Al examinar el uniforme que encontró en su casa encontró un porta nombre con su apellido y una cartera. En ella había 10 credenciales, una del banco oficial del ejército, una credencial donde lo acreditaba Mayor de Transmisiones del ejército y una credencial de acceso para el *IPN*[2] y de la *UNAM*[3] como investigador jefe, de un proyecto que desconocía. Además de su credencial del seguro médico militar y varias tarjetas de tiendas.

Regresó a la oficina del almirante en busca del documento que estaba leyendo, pero no lo encontró. Desesperado, fue a una camioneta de la marina y se fue en ella. Para su suerte, tenía las llaves puestas. De ahí, viajó al aeropuerto. Donde no encontró a nadie y ningún avión, nada. De salida al aeropuerto, en una gasolinera cercana repostó combustible y regresó a su casa, donde durmió. Al despertar, encontró un teléfono con un mensaje que decía: "no me pierdas". Eso lo espantó y gritó

—¿Hay alguien ahí? —luego salió del departamento.

Entró a su coche y fue a la terminal de autobuses. Primero, fue a de una compañía grande y nada, ni un autobús ni personas caminado… aprovechando la distancia, fue al mercado esperando encontrar algo, sin embargo, se dio cuenta que estaba completamente solo. Encontró puestos vacíos, solo los que no eran de comida estaban bien. De ahí fue a la ferretería, hasta una tienda que en realidad era de ferretería y objetos para el hogar. Así consiguió más

---

[2] Instituto Politécnico Nacional (IPN).

[3] Universidad Autónoma de México (UNAM).

cosas para su viaje y se dio cuenta de algo, la canción que estaba de fondo era una que parecía de la Segunda Guerra Mundial y era terrorífica. Incluso lo dejó de puntas. Luego se escuchó un mensaje: "Como menciona el Gobierno de la República habrá toque de queda hasta el… a las 12:23 AM". Lo dijo una voz robótica, que en una parte se distorsionó, pero ni modo. Sin más, salió de la tienda.

Iván fue a otra estación de autobuses donde no encontró nada. Aprovechando, entró a comer en una tienda de sándwiches. Y ahí se le ocurrió la idea de ver la pantalla de venta. Fue hasta los puntos de venta y al entrar a la computadora buscó viajes y … nada. Por eso, siguió caminando por la terminal vacía y hasta llegar al hangar de los autobuses y no encontró ninguno.

Mejor salió de la terminal y viajó a una refaccionaria para llevar cosas para el coche. Ahí fue cuando decidió salir de Acapulco. Al momento de entrar al *maxi-túnel*[4] se dio cuenta que las entradas estaban abiertas y de un letrero que decía el maxi-túnel será gratuito. Y al llegar a la caseta la venta de igual manera decía que, por disposición oficial todas las casetas serán gratuitas. Al darse cuenta de que la guardia nacional no estaba en la caseta ni sus patrullas, decidió hacer su viaje a Chilpancingo.

---

[4] Túnel de velocidad de Acapulco Costera a Acapulco Renacimiento.

Capítulo 2 Chilpancingo GRO. México

Al llegar a la caseta de Palo Blanco[5] pasó lo mismo que en la caseta de cobro anterior. Al entrar en Chilpancingo, nada, ni un auto, ni persona. Preocupado de esto, Iván fue a *Galería Chilpancingo*[6] donde no había ni un alma. Ahí entró a un restaurante y buscó carne para comer y la encontró. Así que prendió el carbón la cocinó y comió bien. Por fortuna, la carne había estado congelada y por eso resistió el tiempo.

Después, fue a una tienda de electrónicos, se llevó varias cosas y salió del centro comercial. Seguidamente, fue a fiscalía en busca de respuestas, donde, como era de esperarse, no encontró a nadie. Aun así, decidió buscar y encontró una zona no especificada donde encontró un archivo con su nombre, que pedía el favor de enviar a la zona militar donde estaba un archivo muy detallado de la vida de Iván. El documento especificaba que nació en la Ciudad de México, se crio en Chilpancingo y entró al Colegio Militar de Ingenieros, donde se graduó como ingeniero de transmisiones, incluso detallaba que después entró al Colegio Mayor de Guerra y se casó con una mujer. No terminó de leer el documento cuando sonó el teléfono. Lo contestó y sonó una voz que decía

—¿Es-estas vivo? Ve al —Se cortó la llamada y sonaron las sirenas, pero eran más fuertes y en la pantalla salía la

[5] Localidad de Chilpancingo de los Bravo, Guerrero, México.

[6] Centro comercial en Chilpancingo de los Bravo.

advertencia de criaturas acercándose... Se apagaron las luces e Iván se quedó en la habitación a esperar.

A la hora dejaron de sonar las alarmas y estaba lloviendo: fue cuando empezó a sonar una música. Ya eran las 5 de la tarde cuando seguía esa canción, hasta que se terminó. En lo que caminaba por los pasillos, salió del edificio y viajó a un supermercado donde se quedó a dormir en la sección de colchones.

Iván se levantó por el sonido de una radio que reproducía el Himno Nacional Mexicano; se levantó y vio la radio, la cual sintonizaba *RTG*[7] Radio. Decidió que antes de irse pasaría a la sección de comida del supermercado. Cuando iba caminando, a Iván le costaba respirar, pero no le dio mucha importancia, solo comió algo y se fue. Luego, se metió a carro y empezó a conducir hasta que llegó al Palacio de Gobierno de Guerrero. No pudo entrar porque estaba cerrado, pero estaba una cámara, y un espacio para que la gobernadora hablara, Iván se dispuso a ver la grabación pasada.

—Ciudadanos de Guerrero y de México, por este anuncio les quiero decir que, por la situación actual tendremos que pasar de nuestra miseria a la libertad. La ley marcial se hace valida como lo ordenó nuestro presidente. —Dijo la gobernadora en el video pregrabado, el cual no estaba completo, pero con lo poco Iván escuchó, supuso que pasó algo muy malo. Pero aún rondaba la pregunta ¿Por qué ley marcial?

Fue directo al congreso del estado, donde como en todos lados, no había nadie. Volvió a darse cuenta de que le costaba respirar, pero siguió sin darle importancia. Cuando entró, había una pantalla que decía "Gracias". No encontró mucha información útil, pero entró a una oficina y encontró un documento que decía: "EL FIN LLEGÓ",

---

[7] Radio y televisión de guerrero (RTG).

marcado en plumón negro. Luego entró a donde se llevan las sesiones. Iván al no encontrar nada relevante, salió del congreso y en su camino paró y prendió el teléfono que encontró en Acapulco, y sintonizó música que puso para relajarse.

Ya estaba anocheciendo cuando entró a un hotel de lujo de Chilpancingo y durmió mientras sonaba una canción que puso en su teléfono. Al despertar, Iván se preguntó que habría en el Ayuntamiento. Aunque, cuando fue, no encontró mucho. en la radio empezó a oírse música, era otra vez RTG Radio. Iván, al escuchar la música y ver la emisora, fue en su carro hasta las instalaciones de Radio y Televisión de Guerrero, pero al llegar no había nadie.

A Iván no se le ocurrió mejor idea

—¡Hola! Mi nombre es Iván y creo que soy el único sobreviviente. Si hay alguien ahí, favor de llamar a la estación por favor. —Dijo Iván con el micrófono de la estación.

Después de eso, Iván se acomodó para dormir en el piso. Al levantase y asomarse por la ventana se dio cuenta había una neblina profunda y sonó el teléfono donde habló una persona con una voz igual al de la fiscalía

—¡Wow! Estás bien, no tienes mucho tiempo ¡Recuérdalo! —Dijo la otra persona de manera preocupada, en voz baja con un tono misterioso.

Sornaron las alarmas de ciudad y en la pantalla pedían por favor ocultase y se veía una cortina de hierro sobre las ventanas; las luces se apagaron. Como a las 3 horas dejaron de sonar las alarmas y se levantaron las cortinas. En la sección de televisión que estaba a un lado, Iván vio un letrero que decía "en vivo" y en la pantalla de trasmisión había un mensaje que decía: "Espero que estén bien, descansen, todo está bien". En el panel había un botón que para trasmitir y lo presionó. Se trasmita el reporte especial, y en vivo en la cámara Iván. Se acercó al set y habló frente a la cámara:. "Hola, mi nombre es Iván, estoy solo en Chilpancingo si hay alguien, búsquenme". Y paró la grabación.

Saliendo del estudio, Iván recordó algo, la casa donde creció. Fue hasta ella en su coche, vio una cerradura inteligente y puso su dedo en el lector. Entonces apareció un mensaje: "Bienvenido de vuelta Iván".

Entró a su casa y recordó toda su infancia y adolescencia antes de entrar al Colegio Militar. Fue al dormitorio a descansar. Al despertar, se subió al coche, puso música y se fue directo a Cuernavaca a seguir buscando respuestas.

Capítulo 3 Cuernavaca Morelos.

En el camino se encontró muchos coches en la carretera.

Ya en Morelos[8] no hubo mucho que ver, así que fue a comer a una tienda y de ahí se dirigió a *Averanda*.[9] En los altavoces no sonaba nada y no había ninguna persona en el centro comercial. Iván al no encontrar a nadie, se fue al supermercado que ahí mismo estaba; ahí estuvo viendo algunas cosas, pero sin mucha importancia, lo que hizo fue comer ahí con la comida que estaba, y al no encontrar mucho de importancia salió de Averanda. De ahí fue directo a un hospital. No lo había pensado, pero supuso que en un hospital habría respuestas. Por eso fue al Hospital General Regional C/MF No. 1 del IMSS[10], Cuernavaca, Morelos.

La luz que iluminaba el logo del IMSS era roja, pero no le tomo importancia. Al llegar no había nadie, era soledad en su estado puro. Un hospital abandonado no es nada comparando con esto; Iván agarró equipo médico, entre otras cosas. Llegó a una oficina y encontró un documento, una carta de un doctor al director.

---

[8] Estado federativo de los Estados Unidos Mexicanos.

[9] Centro comercial en Cuernavaca.

[10] Instituto Mexicano del Seguro Social (IMSS).

Director del hospital

¿Moriremos un día no? ¿Por qué seguimos ayudado? El fin se acerca y usted lo sabe más que nadie ellos van a llegar, pero supongo que es mejor dejarnos morir a todos ¿y los ricos escaparán? El oxígeno se acaba. No sé qué paso en el IPN y su proyecto misterioso. Nadie sabe, JA debería disfrutar la vida que me queda y le pido mi renuncia.

Y ahora las preguntas eran: ¿Qué paso?, ¿Qué accidente?

No había nadie el hospital. Saliendo de ahí. Miro su teléfono, Iván se propuso investigar que pasó, salió del hospital a un hotel y se quedó a dormir hasta el otro día. Al despertar fue a una escuela a ver qué pasaba, todo estaba desordenado, mal acomodado y todo un desastre. En el pizarrón había un mensaje que decía "EL FIN LLEGÓ", Iván se dirigió a su carro y fue a CDMX[11].

[11] Ciudad de México (CDMX).

Capítulo 4 Ciudad de México

De camino a la ciudad sonó su teléfono; Iván se sorprendió y emociono,

—¿Quién me llamo si no hay nadie? —Dijo Iván.

—No vallas a la ciudad de México NO ES SEGURA REPITO. NO ES SEGURA. Y No estas preparado. —Respondió una voz profunda y misteriosa, en un susurro, quien colgó al terminar de hablar. Iván se sorprendió, pero era la misma persona de Chilpancingo.

Iván fue al Heroico Colegio Militar. Nadie estaba en el plantel. Cuando fue a buscar la bandera del platel, que debía estar a media asta, no estaba. Siguió caminando hasta la oficina del director del plantel y encontró una carta de parte del presidente:

Estimado General Brigadier y Rector del Heroico Colegio Militar,

Por medio de esta carta, me dirijo a usted con el fin de informarle sobre la necesidad de evacuar a todos los cadetes, oficiales y personal, así como a los visitantes presentes en la zona A, B, C y D del Heroico Colegio Militar.

Como autoridades competentes, consideramos que dicha medida es necesaria, ya que actualmente se encuentra en peligro la integridad y seguridad de los presentes. Por tal motivo, hacemos un llamado a la prudencia y a la cooperación para poder efectuar dicha evacuación con prontitud y eficacia.

En caso de que se activen las alarmas antes del amanecer, por favor sigan las indicaciones del personal de seguridad para evacuar la zona de manera segura y ordenada. De igual manera, se les informa que se deberán dirigir al puerto de Acapulco para resguardarse.

Esperamos su comprensión y colaboración en este asunto. Quedamos atentos a cualquier eventualidad y agradecemos su atención.

Atentamente,

comandante Supremo de las Fuerzas Armadas, presidente de los Estados Unidos Mexicanos.

Salió de la oficina después de ver la carta y fue al dormitorio. No había nada, ni uniformes, nada. Fue a los salones y todo estaba bien ordenado. Siguió por el auditorio y encontró una presentación sobre estrategia para combatir las criaturas. No logro poner la diapositiva de cómo o qué eran y sonó un ruido fuerte afuera. Salió rápidamente y escucho la alarma. Se oían pasos y mucho ruido. Ya era tarde noche y fue corriendo a la armería, donde buscó cosas de defesa y se ocultó espero y espero.

Al día siguiente.

Después de la alarma fue caminando por el colegio encontrando sangre seca y siguió el rastro, pero no llegó a nada y terminó en la sala del director donde encontró un teléfono que sonó y una voz misteriosa, la misma de la anterior vez le dijo

—Te dije que no era seguro, corre de la Ciudad de México. Después podrás entrar. No sabes a lo que enfrentas—

Iván agarró las cosas de su carro, las sacó y las puso en una camioneta blindada con cosas de armería y salió de la Ciudad de México apresurado.

Capítulo 5 Puebla

Antes de llegar a Puebla de Zaragoza[12], Iván pasó por una tienda a buscar cosas para su viaje. Ahí encontró un papel en la impresora de la oficina del administrador que decía:

ALERTA NACIONAL

El presidente de la República ha emitido una alerta urgente a toda la población de Puebla y sus alrededores, así como a la Ciudad de México y al resto del país, para que se dirijan de manera inmediata al Parque Ecológico o a su [redacted]

Se solicita a los ciudadanos acudir sin demora, portando consigo una identificación oficial y cualquier documento importante que puedan necesitar en caso de evacuación.

Es importante destacar que esta alerta se realiza debido a una posible amenaza para la seguridad de la población, por lo que se pide a todos mantener la calma y atender las instrucciones de las autoridades.

Se espera que la ciudadanía actúe con responsabilidad y cooperación en estos momentos difíciles, y se mantendrá informada a la población a través de los canales oficiales de comunicación.

Atentamente, Secretaría de Gobernación.

---

[12] Capital del estado de Puebla.

Al ver el mensaje, Iván se preguntó que habría en el parque, salió con provisiones y se fue en su carro por la carretera.

Después de un largo camino, llegó a la Zona Histórica de los Fuertes[13]. Como de siempre no había nadie, así que se fue caminando por la zona hasta que llego al planetario. La estructura le resultó impresionante, y mientras estaba dentro buscó y buscó a ver que encontraba, hasta que encontró la estructura con el planeta. Viendo con detalle, observó un punto amarillo justo en la Ciudad de México y otras capitales. Y se preguntó qué pasó.

Después de ver mucho en el planetario, salió del recinto y visitó diversos sitos, el museo *INAH* [14], Museo de la Revolución, y el teleférico; al subirse a uno, pensó que no se cerrarían las puertas, estas se cerraron y el teleférico empezó a funcionar. Iván espantado por lo que estaba pasando intentó salir, pero no pudo. Lo máximo que hiso fue mirar el maravilloso Puebla de noche y encontró una cámara profesional en el piso. Asombrado, se agachó y miro la cámara. Las fotos estaban fechadas unos días antes de que él se levantara en Acapulco. Mirando las fotos de Puebla, con muchas personas y el teleférico con las vistas de fuegos artificiales, vio al fotógrafo y sus acompañantes. En la última foto se veían luces rojas, pero no se distinguían bien porque la foto estaba desenfocada. También había un video, donde resonaban las sirenas y los gritos de personas, junto a sonidos de helicópteros y la misma alarma que estaba escuchando desde que se despertó. El video enfocaba el piso y los acompañantes del fotógrafo estaban diciendo:

—¡Por Dios! ¿Qué está pasando? —Una persona cuestionó,

---

[13] Parque en Puebla de Zaragoza.

[14] Instituto Nacional de Antropología e Historia.

—¿Crees que sea por lo del IPN? —el fotógrafo respondió.

—Yo creo que sí, esto me está dando un montón de miedo —afirmó la primera persona.

Después de eso, el fotógrafo enfocó al exterior donde se veían helicópteros y personas corriendo hacia los interiores y vehículos militares avisaban algo a las personas y a un habiente raro. Una inexplicable neblina en todos lados llegó al teleférico, el fotógrafo deja la cámara ahí. Después de un rato se apagó la cámara y terminó la grabación.

Iván al ver esto se quedó con más preguntas que respuestas, al terminar el recorrido por el teleférico salió del edificio. Luego pensó, "algo me quiere decir que paso aquí". Viajando por las calles de Puebla fue al Hotel Condesa, un bonito hotel decorado con azulejos, donde se quedó, y durmió hasta el día siguiente.

Al despertar, se cambió, se bañó y salió del hotel.

Fue a una farmacia, donde agarró equipo para heridas y medicamentos "por si acaso".

Después de tanto conducir, se detuvo en ciudad universitaria. Eran tan grandes las instalaciones y no había ni un alma solitaria. Fue a la biblioteca central universitaria donde empezó a leer unos cuantos libros, pero había uno que le llamaba la atención: "La teoría del todo". Lo leyó un rato, pero no lo terminó, se llevó unos cuantos libros y salió del recinto.

Condujo durante un rato hasta llegar al parque ecológico donde no encontró mucho, pero si vio un letrero que decía: "Registro para el escape seguro". Donde encontró una máquina de pasaportes un montón de portafolios, y documentos de personas que probablemente no alcanzaron a tramitar algo. También encontró un documento que decía que después del registro se debía ir a la zona militar. Salió con su carro y fue de prisa a la zona militar mientras se preguntaba "¿Por qué no fui a la zona militar de Chilpancingo?" Pero había un problema, la puerta estaba cerrada. Sacó de la camioneta su uniforme militar. Y se acercó a la puerta, insertó su tarjeta de identificación en una terminal y se abrió la puerta. Entró a la zona militar; estuvo viendo por el camino todo el campo. Fue a la escuela militar de sargentos. Cuando entró encontró una partitura en el piso y un oficio donde decía.

***A todas las bandas de guerra*,**

Se les ordena que, a las 3:50 PM del día de hoy, realicen el toque de alarma en sus respectivos batallones. A las 4:00 PM, realicen el toque de ataque.

Es de suma importancia que se lleve a cabo esta orden de manera rápida y efectiva, ya que la seguridad nacional está en juego.

Sin más que agregar, se espera su total cooperación y compromiso con el cumplimiento de esta orden.

Atentamente el General Secretario de la Defensa Nacional.

Este documento estaba adjunto con las partituras. De ahí, fue a los dormitorios y no había casi nada, fue a la zona de transportes, donde recordó algo, que sabía, cosas mecánicas de varios vehículos. Iván se dio cuenta que había olvidado quién era cuando despertó. Le hizo el servicio completo a su vehículo, después fue a los dormitorios de la escuela, donde durmió hasta el día siguiente. Al despertar fue por algo, lavó sus uniformes, se aseó y se fue en búsqueda de respuestas.

Capítulo 6 Xalapa-Enríquez

Se trataba de una ciudad bastante pequeña. Al llegar pasó a unas oficinas de la guardia nacional[15], donde busco respuestas. Como Veracruz estaba cerca de su destino, pensó que habría algo. Sin embargo, cuando llegó todo era un desastre. Y cuando estuvo en la sala de archivo encontró una hoja interesante que trataba sobre un plan de evacuación hacia Veracruz para llegar a Florida. Donde se usarían 4 buques de la Marina para evacuar a personas de nivel 4. Iván no entendería hasta después.

Siguió buscando por las oficinas decidiendo agarrar munición y subirse a su camión, llego a RTV[16], Radio y Televisión de Veracruz. Cuando llegó, entendió algo, que esta pequeña ciudad era la capital del estado de Veracruz. Pasando por las instalaciones, llegó a la zona de trasmisión; donde se seguían trasmitiendo los programas, pero cuando seguía el noticiero o algo en vivo, la pantalla se quedaba en negro. Siguiendo por los pasillos llegó a la zona de noticiero donde se estaba trasmitiendo un video, al ver la pantalla de transmisiones pasadas vio lo siguiente:

---

[15] Instituto Policiaco.

[16] Radio y Televisión de Veracruz (RTV).

—Buenas noches, aquí en RTV Noticias les presentamos la actualidad. Anoche, en el Instituto Politécnico Nacional, se produjo un incidente en el centro de investigación e innovación, que ha dejado a todos los ciudadanos conmocionados. Les ofrecemos los detalles de lo sucedido. —Comentó el presentador de noticias en la grabación.

(Se mostró una imagen de un edificio en llamas).

—La parte superior del techo del Centro de Investigación e Innovación se incendió a última hora de la noche. Las llamas fueron intensas y duraron varias horas. Se informa que hubo una serie de descargas eléctricas antes del incidente. Hasta el momento, las autoridades no han dado explicaciones sobre lo ocurrido. —Prosiguió el presentador.

(Se vio a un reportero en la escena del incidente).

—Les informo desde la escena del incidente, donde las autoridades han sellado el laboratorio y están protegiendo la zona. Elementos de la Marina, Guardia Nacional y Ejército están presentes para mantener la seguridad. —Siguió informando.

—Según el fiscal de la Ciudad de México, el incidente se debió a un mal cable que hizo cortocircuito y provocó el incendio. Sin embargo, los expertos en la materia no están de acuerdo con esa versión y consideran que no hay sentido en la explicación del fiscal para el gran incendio. —Explicó el hombre ante la cámara.

(Se mostraron imágenes de los expertos hablando en entrevistas).

No creo que un simple cortocircuito pueda causar un incendio de tal magnitud. Es necesario investigar más a fondo. —Concluyó el primer experto.

Hay rumores de un experimento que… —El segundo experto fue interrumpido.

Hasta ahí llegaba el video. Iván, al ver esto, recordó algo de su vida anterior, cuando estaba de noche el Centro de Investigación e Innovación, atrás de él. Sentado en una ambulancia del ejército,

—Mi Mayor ¿Cómo está? —Preguntó el paramédico que atedia a Iván,

—Estoy bien ¿Con qué explotó esa cosa? —Inquirió Iván al paramédico en el recuerdo.

—No lo sé. Pregúntele a tu compañero, él sabrá. Pero oye, me pregunto cómo sobreviste a esto. —Se cuestionó el paramédico.

—¿Por qué lo pregunta? —Siguió Iván

—Tus demás compañeros tienen cicatrices y tu sin nada. —Le respondió el médico. Hubo un silencio.

Al regresar de su recuerdo sonaron las alarmas, mientras las ventanas del estudio se cerraban y en la pantalla de transmisión estaba el mensaje: "Atención ciudadanos favor de esconderse al interior de su casa o en un lugar cerrado y no salir hasta que la alarma termine. No hagan ruido, apaguen sus luces electrónicas y no vayan afuera". Iván estaba atónito y asustado, después de un rato de esperar se terminó durmiendo en un sillón.

Al despertar, Iván salió del estudio, y pensó que habría más respuestas en el Congreso. Fue en su carro hasta allá, pero antes fue a una lavandería porque su uniforme ya empezaba a oler mal. Como de costumbre ni un alma solitaria en ningún sitio. El cielo azul poco a poco se hacía más café al pasar los días. Al meter su ropa a la lavadora, se dio cuenta que al final de la mochila estaba la insignia al Mérito Técnico y se preguntó qué hizo después. De la lavandería fue al Congreso, pero en el camino se iba preguntando sobre sus recuerdos, ¿por qué estaba el IPN?, de tanto pensar que casi choca, pero se salvó por unos segundos. Al llegar al Congreso, el lugar estaba como de costumbre. Fue a la sala de sesiones encontró un documento que estaba en el escritorio, era de todos los diputados locales. Planteaba la idea de perder la soberanía y que el gobierno central se encargara de eso, porque era insostenible. Luego encontró un teléfono en una silla que estaba sin contraseña. Buscando en los mensajes encontró uno que le llamo la atención:

Oye amiga sé que sabes de la situación actual, pero será nuestro fin, ¿qué hare por mis hijos?, si moriremos dime sé que estas en esos temas, si moriremos todos al menos quiero saber para poder disfrutar los últimos momentos con mis hijos.

Después de leer eso Iván se quedó sorprendido y triste. Al ver en su teléfono vio la foto familiar y le llegó un recuerdo, donde el platicaba con la dueña del teléfono,

—oye ¿cómo van los hijos? —Dijo Iván.

—Muy bien, ¿y los tuyos? —Preguntó la diputada local, dueña del teléfono.

—Bastante bien jeje con su permiso amiga, que vivan los novios —Dijo Iván en su recuerdo.

Iván se quedó llorando y arrodillado preguntándose

—¿Tengo hijos y esposa? ¿qué fueron de ellos y porque no los recuerdo? —Expresó Iván llorando, después de llorar una hora se llevó el teléfono, investigó las fotos del teléfono y encontró la foto de esa reunión que tuvo con ella. Empezó a sonreír. Iván se dirigió a una impresora en una oficina cercana, e imprimió la foto en papel fotográfico. Se la llevó, se subió al carro y condujo. Como era temprano, no se durmió y fue directo a Veracruz.

Capítulo 7 Veracruz

Al llegar al aeropuerto de Veracruz, después de un viaje de su anterior locación, caminando sin rumbo y sin personas, preguntándose que habrá pasado; y pensado en su familia que no recordaba, sintió una sensación de soledad inexplicable. Solo las voces que escuchaba eran de la música de su teléfono y de las regrabaciones de la tele, y una voz misteriosa en el teléfono que a veces llamaba. Mientras estaba caminando en el aeropuerto, entró a una tienda y encontró un folder negro con una hoja que decía:

Al escuchar las alarmas no salgas de los edificios, y si estás fuera corre, y escóndete. Recupera tu memoria, tengo fe en ti.

Al mirar este folder se preguntó: "¿estoy en una realidad alterna, o que está pasando? Alguien me está cuidando". Iván dejo el folder y se fue caminando entre los pasillos, en la pantalla de vuelos; vio un vuelo a Washington D.C y se preguntó, si había aviones en la pista, al ver por la ventana encontró un solo avión, y se preguntó si podría pilotearlo. Llegó a la conclusión que no se podría por el combustible. Pensó "Yendo de aquí para allá podría irme a las costas de Florida en barco". Se fue en su carro hasta buscar algo más que hacer antes de ir al puerto, pasó por la entrada del parque acuático Inbursa, y le llamo la atención algo. Llegó al acuático, y encontró un folder, entonces Iván pensó "Bueno Mi corazonada funciona". Al abrir el folder encontró unos boletos hacia el parque y una hoja membretada del IPN[17] que decía:

Tienes que recordar tu pasado, entra y busca una respuesta.

Preguntándose que habrá aquí, entró al parque; al llegar a un tobogán recordó algo al mirar unas sillas que estaban ahí:

—Hola Iván, mi compa, ¿qué haces aquí?, ¿no deberías estar en el trabajo? —Le preguntó una persona.

—Hola Giovanni, ¿cómo estás?, ¿cómo te ha ido como coronel?, y se te preguntas, me dieron licencia médica —dijo Iván

—¡Ohh! ¿Qué te pasó?, bueno yo aquí con mi familia y veo que están los chicos en el tobogán. Si te preguntas, ese acenso ni me lo esperaba, pero me ha encantado y ¡hey! estoy joven —Respondió Giovanni.

—¡Wow! pero oye, como eres mi mejor amigo te voy a decir algo, yo estuve en el accidente del Politécnico[18] de hace unas horas, pero estoy bien por suerte mía, oye pero lo que dije no se lo digas a nadie y oye... —Le respondió Iván. Luego le dijo a Giovanni que deben ir a un lugar solos, y sin nadie y van.

—Como también eres mi superior tengo que decirte esto, no te puedo decir que hicimos en el IPN pero descubrimos algo muy importante que puede cambiar el mundo. Investiga en el sistema pero, paso algo; mis recuerdos se están distorsionando, no sé por qué y

[17] Instituto Politécnico Nacional.

[18] Forma de abreviar el Instituto Politécnico Nacional (universidad mexicana).

últimamente hay mucha neblina y tormentas eléctricas, y una falta de aire, de por si te lo iba a decir, pero... ¡vamos, los gringos quieren involucrarse! y descubrir que paso. Te veo en las oficinas del Colegio Militar de Ingeniería mañana a las 5:00PM será como una reunión de todos los representantes y también está el comandante supremo [19] pero bueno nos vemos, la clave de la reunión es worlm, te preguntarían "Einstein" y les responderás "Rosen" —Dijo Iván en el recuerdo.

Iván al regresar del recuerdo pensó —¿Quién me está ayudando? y volvió al carro donde estuvo preguntándose que es worlm y Einstein Rosen. Detuvo el carro frenéticamente, y por eso algunas cosas se cayeron... Iván recordó los libros que sacó de Puebla, fue directo a la universidad veracruzana y se escondió en la facultad de medicina. Luego agarró los libros de su camioneta, se fue y los leyó en un salón de clases. Después buscó en los libros hasta que encontró uno sobre la relatividad, y empezó hojear hasta dar con un capítulo llamado: Einstein-Rosen Bridge o también conocido como agujero de gusano. Empezó a leer y vio una cita que decía que podría ser posible viajar entre dimensiones usando esta última. Al ver esto se quedó atónito y salió de la facultad que usaba como escondite. Antes de irse de Veracruz fue al centro donde observó las magníficas estructuras y como no había nadie, disfrutó el ambiente. De ahí, fue a buscar muchas provisiones, en tiendas de salvavidas y más cosas por si acaso. Después, con el camión lleno, fue al puerto y entró una embarcación que justamente iba hacia florida. Casualidades de la vida, cerró las puertas del barco y se preparó para salir y encendió el barco. Por casualidad estaban las llaves puestas, y así, se fue hacia Florida.

[19] Comandante supremo de las fuerzas armas (El presidente de la república).

Capítulo 8 Tampa, Florida, EE. UU.

De puro milagro y rozando de combustible, llego a un puerto en Tampa, la verdad Iván no conocía esta ciudad. Llegó de día, y se sentía como en una película donde llegaba a Nueva York pero era Florida, y como de costumbre no había nadie. Una ciudad grande sin gente era algo espeluznante y pensó: "Como ya estoy en primer mundo debería visitar este lugar aunque no debería". Empezó a explorar con su camioneta del Ejército Mexicano. De tanto explorar que llego a *MacDill Air Force Base*[20] donde vio los magníficos aviones americanos, y una enorme base área e increíble; antes de irse fue a repostar combustible. "¿Y si voy a la oficina del general de esta base?" Se pregunto Iván. Después de tanto buscar la encontró, pero la puerta estaba cerrada y como en una película, sacó su arma, disparó contra el cerrojo y logro entrar. Al llegar encontró un documento que le llamó la atención, había un folder azul y dentro un documento directamente del presidente que decía:

[20] Base área militar estadounidense en Tampa, Florida.

Estimado Coronel, Comandante de la Base Aérea MacDill,

Por medio de la presente carta, declaro oficialmente el estado de emergencia en nuestra nación. Solicito a todas las unidades militares que se encuentren en posición de ataque y emergencia, listas para actuar en caso de que suenen las alarmas. Además, insto a los aviones de patrulla a que se mantengan alerta y monitoreen sus respectivos territorios.

Espero que todos los miembros de las fuerzas armadas de Estados Unidos estén preparados para actuar de manera rápida y efectiva en caso de una emergencia. Agradezco de antemano su dedicación y servicio a nuestra nación.

Atentamente,

El presidente de los Estados Unidos de América.

Iván, al ver esto, rememoró su recuerdo en Veracruz, se preguntó que pasó con los humanos. Antes de llegar a Tampa, Iván se había puesto a ver el libro de la relatividad analizando varios puntos importantes. Sonó el teléfono en la oficina del coronel, e Iván contesto

—¡Hey! ¿Cómo llegaste aquí?, bueno eso no importa, ve a la NASA[21] y encontrarás respuestas. No te puedo decir nada más… Si vez cosas o personas raras no te les acerques y si los ves, huye de donde estés. ¡Cuídate! —Advirtió la

[21] **Administración Nacional de Aeronáutica y el Espacio** (NASA).

voz misteriosa en el teléfono. Iván, mientras pensaba en eso salió de la base y se preguntó qué eran esas cosas. En el camino vio las calles vacías. Ahora su destino sería el Kenedy Space Center, en busca de nuevas respuestas, o preguntas.

Capítulo 9 Nasa John F. Kennedy Space Center

Al pasar por la imponente entrada del centro espacial, Iván se dio cuenta de que estaba cerrada. Al salir del carro, y ver a los alrededores en busca de una entrada, encontró una puerta abierta que justamente era del cuarto de seguridad. La abrió y se llevó una credencial de acceso para entrar al recinto.

Después de conducir un rato vio las imponentes naves espaciales, cuando llegó a las oficinas, luego de buscar encontró la puerta abierta. Entró al edificio y estuvo caminando un buen rato, abriendo puertas, hasta que llegó al centro de control, donde vio en la pantalla todo listo para despegar y preparado, para una misión de evacuación. Al ver el nombre de la misión, Adán[22], se preguntó qué pasó. De ahí, fue a la sección del director, y buscó entre un montón de documentos hasta que encontró una carpeta que decía:

"Misiones Adán". Vio que el documento estaba una USB, junto con unos documentos. Por fortuna para Iván, una de ellas estaba traducida al español y explicaba:

[22] Según la antropogonía de las religiones abrahámicas, Adán es el primer hombre creado por Dios, tal como se explica en la Biblia y el Corán. La fe Bahá'í lo considera como el primer «mensajero de Dios» (Wikepedia , 2023).

Estimados tripulantes de las misiones Adán

Por medio de la presente carta, les comunico que la Administración Nacional de Aeronáutica y el Espacio (NASA) llevará a cabo las misiones Adán en el marco del proyecto "Arca Humana". Con el objetivo de salvaguardar la integridad de la raza humana, ustedes han sido seleccionados para formar parte de esta importante misión. La nave espacial llevará consigo el equivalente a 100 embriones humanos pre-fecundados, cuyo destino final será el Arca, en donde se buscará reinstaurar la humanidad. Les deseamos éxito en esta importante misión. En los siguientes documentos que se adjuntan, encontrarán información adicional para llevar a cabo la misión con éxito. Por favor, asegúrense de revisarlos detalladamente.

Agradecemos su compromiso y dedicación en esta importante tarea.

Atentamente,

Director General de la NASA

Hasta ahí terminaba el documento, Iván no podía comprender qué pasó y qué eran las misiones Adán o el arca. No estaban los otros documentos relacionados con la carta.

Sonó el teléfono, e Iván lo respondió.

—Ve el contenido de la USB en la computadora —Pidió la voz misteriosa.

Iván intento hablar con él, pero no recibió respuestas porque colgó el teléfono. Así que Iván prendió la computadora, puso la contraseña que estaba como nota en el cajón del escritorio, colocó la USB en la computadora, y analizó el contenido.

Ahí encontró un archivo que solo podía leerse en la computadora de la NASA. El archivo contenía material sobre las misiones Adán. Se encontraban los videos de lanzamiento, documentos de información de misión y sus integrantes, entre otras cosas. También estaba lo de la misión, pero su propósito y telemetría no se encontraban. Aun así, los archivos contenían las tarjetas de los tripulantes, grandes músicos y artistas, profesores, empresarios, artesanos, científicos destacables, entre otros.

Se asombró de la cantidad de personas enviadas, aunque se dio cuenta que Adán 34 ,35, 36 y 37 nunca se realizó por algo no especificado. Siguió investigando sobre las misiones y unas de ellas se realizaron en Boca Chica, Texas en la planta de SpaceX y otras en Vandenberg y en bases marítimas alrededor del mundo. Iván se llevó los documentos de las locaciones, aunque antes de irse de nuevo, fue a algunas locaciones como el lugar donde se iba a lanzar Adán 34. Al verlo se puso feliz pensando seguirán vivas todas esas personas.

Justo cuando conducía de regreso de las enormes instalaciones, al salir, empezaron a sonar las alarmas. Como no se lo esperaba, por estar en la solitaria carretera, sin nada alrededor, se estacionó. Subió los vidrios, apagó el carro y se escondió en la parte de atrás, en ese momento, empezó a escuchar algo y se desmayó.

Capítulo 10 Locación Desconocida

Al despertar, Iván se dio cuenta de que se escuchaba el mar y hacia calor. Al salir del carro también notó que estaba en un barco en medio del mar sin saber dónde se encontraba. Sacó su teléfono y buscó donde estaba, pero no funcionaba. Examinó el barco, el cual parecía ser militar, y entró a la cabina del barco, donde todo estaba apagado. Al seguir buscando en el barco encontró una placa que decía: The International Government. Se preguntó desde cuando la ONU[23] tenía barcos. Al seguir viendo sonó un teléfono, pero Iván buscó y buscó y no lo encontró.

Fue cuando estaba cerca de la bodega que empezó a sonar la alarma, pero bajó y vio que era un tipo de monitor cardiaco, luego volvió a sonar el teléfono. Iván fue a buscarlo, y al encontrarlo respondió.

—No Bajes al sótano por ningún motivo —Dijo la voz misteriosa.

—¡¿Quién eres?! ¿Y porque me estas ayudando? —Insistió Iván

—No hagas mucho ruido o los despertaras, no te puedo decir quién soy —Reafirmó la voz misteriosa.

—¿Qué hay allá bajo? ¡Hey, hey! —Dijo Iván sin respuesta y colgó el teléfono.

[23] Organización de las naciones unidas.

Luego se puso a explorar y pensar donde dormiría. Cuando llegó a los dormitorios vio un locker abierto donde encontró ropa y uniforme de la Marina, y al no encontrar algo útil cerró el locker y se alistó para dormir. Después de un rato se puso a dormir.

No durmió mucho por la intriga de qué habría en el sótano. Al despertar fue a buscar comida, cuando encontró la cocina, entró a ella. Vio muchos platos y vasos rotos con un tono abandonado, y luces parpadeantes, además, la cocina estaba sucia. Iván empezó a ponerse nervioso, pensando en las alarmas, y los pasos. También se preguntaba si lo que lo alteraba, era lo que estaba abajo. Después de comer, Iván siguió explorando hasta que llegó a una oficina donde encontró un documento que explicaba:

Nota de investigación sobre las criaturas *(Nombre en progreso)*

El poco tiempo y la rapidez reproductora de estas cosas es impresionante. La fuerza de ellas es del triple del humano más fuerte, Para contenerlos tuvimos que obtener un *ALIENCONTENER*, del gobierno de los Estados Unidos, según es para contener los extraterrestres, pero esto se podría considerar algo parecido. El estudio de las criaturas aparecidas del día de ayer es rápido porque se aproxima que, si no se encuentra una solución inmediata, podría eliminar a la humanidad.

Atentamente, Investigador Jefe en el barco de la ONU.

Después de leer esto Iván empezó a reflexionar y se generaba más preguntas ¿ALIENCONTENER?. ¿Exterminar a la humanidad?, más que respuestas encontraba más preguntas. Iván siguió buscando hasta que le dio hambre. Y en lo que buscaba comida, encontró la manera de ir a la zona de carga y descarga, y un tipo de elevador a la proa.

La habitación de la bodega era negra con una luz que estaba fundida y agujeros de posibles balas, era grande como de 10 metros de altura. Al entrar a esta zona vio su carro, y empezó a sonar un teléfono. En el área del operador había 2 teléfonos, uno rojo y negro, el que se escuchaba era el rojo. Iván contesto el teléfono.

—Parece que encontraste tu carro. En el sótano esta un tipo de balsa de alta resistencia que tal vez aguante tu carro, pero no te aseguro que resista, o puedes ir al sótano y activar los motores y la energía de los generadores. Te advierto, como dije antes, no vayas al sótano a menos que sea necesario —Explicó la voz misteriosa.

—Pero ¿Cómo sabes eso?, y ¿Cómo llegó mi carro aquí? —Cuestionó Iván al teléfono

—No te puedo decir cuáles fueron las cosas que te trajeron aquí, pero te recomiendo que te apures. Ellos llegarán en unos 3 días. Busca el teléfono satelital, es negro, grande, y largo, con una antena que dice U.S. No es difícil de identificar. —Dijo la voz misteriosa.

—¡Hey! ¿Cómo que teléfono satelital?, ¿Y cómo que llegarán en 3 días…? ¡hey, hey, hey!, ¡HEY!, ¡Mierda! —Reclamó Iván cuando la voz misteriosa colgó, y en su furia, insulto al teléfono.

Iván estaba aguantándose las ganas de estallar de nervios, pero estaba sereno[24]. Hasta ese momento, Iván recordó sobre un curso "misterioso", de los GAFES [25] donde le enseñaron varias cosas, como le dijo un maestro:

Iván estaba insultando al aire por que le dolían las piernas por correr con una mochila con 10 kilos por una colina.

—Iván sé que te duele, pero no debes insultar, guarda tus energías para el camino, ¿Qué chiste tiene que insultes?, que de por si duele. Mantente sereno ante la situación.

—Dijo el instructor de Iván en el recuerdo. —¡Claro que si mi capitán! —Respondió Iván en el recuerdo.

Iván recordó esas palabras que lo habían marcado, luego se dispuso a abrir la puerta de su carro, que estaba abierta. Buscó comida de la que recolectó, comió un poco para mantener las energías, y después comió una galleta, pero Iván se dio cuenta que el sabor empezó a perderse muy ligeramente. Al terminar ya era de noche y solo tendría 2 días para irse de este barco y dirigirse a algún lado del mundo. Fue a las recamaras y durmió hasta el día siguiente.

En realidad, Iván no durmió bien por los nervios, y recordó algunas cosas borrosas que no entendía. Además, despertó a una hora no segura, pues era noche no y salía a esa hora por la falta de luz.

Agarró una linterna y con los nervios de cabeza, fue hacia la zona del ruido y notó que era la habitación de al lado, la del gran ruido que lo despertó. Cuando fue,

---

[24] Que es o está tranquilo y apacible, sin agitación, movimiento o ruido.

[25] El Cuerpo de Fuerzas Especiales.

escuchó una alarma de la nada y supo que no era nada bueno. Sonó un móvil al fondo, ra el teléfono satelital

—¡OH MIERDA CORRE ESCAPA! Ya están cerca, ve por tus cosas y ve al sótano ¡Ve rápido! —Pidió la voz misteriosa

—OK ya voy —Respondió Iván.

Iván agarró sus cosas apresuradamente, salió y fue al sótano. Estaba oscuro, una luz roja alumbraba y se veían luces de tiras en el piso, en unas 5 habitaciones.

—Ve a la puerta 5. Por lo que más quieras en este mundo. no las confundas con la 3, no te recomiendo que vallas o… ¡Espera te puedo dar tiempo! No sé dónde estás, pero entra a esa habitación y busca el botón de ESA. Y apriétalo, te dará tiempo de ir a la costa—Explicó la voz misteriosa.

Después Iván fue a esa habitación y encontró otra puerta después de una consola. De ahí era el sonido del monitor cardiaco. La cámara de la recamara de la otra puerta estaba cerrada con llave, y la cámara de seguridad no funcionaba. No fue a ver que había, pero busco el botón y no lo encontraba. Vio una pantalla con una cuenta regresiva con sangre seca con el mensaje, "Condición Rojo" y una cuenta regresiva y un mapa con muchos objetos directo al barco.

10… 9… 8… 7… 6… 5… 4…

"Encuentro posible alerta roja". 3… Iván encontró el botón justo cuando casi llegaba en el momento en que las criaturas llegaran al barco. Cuando lo presionó, empezó a sonar un sonido de alerta, pero más bajo. Las cosas se estaban alejando, desde la pantalla se veían los objetos regresando a la costa.

—¡Felicidades lo lograste!, tienes un poco de tiempo hasta que lleguen, pero podrás ir a la costa ve y prende el sistema de generadores. —Explicó la voz misteriosa desde el megáfono.

Iván fue a la puerta de los generadores, con lo que aprendió en la Marina de su vida pasada. Prendió los generadores y las luces se encendieron. Iván subió hasta el centro de mando, descubrió que estaba cerrado y de una patada abrió la puerta. Al ver su ubicación, vio que estaba en: (20°49'06.1"N 158°41'08.2"W) a unos kilómetros de Hawái, y en unas horas o un día llegaría. Iván se activó, ajustó los motores a toda marcha, se puso el gorro del antiguo capitán y con el barco se dispuso a ir a Hawái.

Capítulo 11 Hawái Isla Oahu

Al estar cerca de la isla, el teléfono satelital empezó a sonar,

—No tienes mucho tiempo. debes ir de entrada por salida de Hawái, es muy peligroso por ahí. Te recomiendo que vallas al aeropuerto militar te puede servir. Tienes 3 días, ¡cuídate! —Dijo la voz misteriosa.

—¿QUÉ? ¿Cómo que 3 días…? ¡Hey…! Por Dios —Respondió Iván a la voz, pero no obtuvo más respuestas.

Antes de llegar al puerto, Iván fue a la cafetería del barco y vio un CD con el nombre: "Accidente POL-MEX-SC-**276-** 23, y: Paradoja SC-3199", un nombre bastante largo e Intrigante. Iván agarró este CD porque una corazonada que decía que debía llevárselo y podría ser útil. De regreso al salón de mando del barco, Iván aparcó en el puerto con mucha dificultad, agarró sus cosas y abrió la puerta del portón. Al abrirlo se dio cuenta que no había visto antes una barca de transporte pesado, y pensó que por las prisas y los nervios no se había dado cuenta antes. El portón principal por donde salió Iván se cerró de manera automática, y el barco quedó en el puerto.

Ya al salir con su carro del puerto, Iván se dio cuenta que casi no tenía gasolina. Mientras iba en camino a la gasolinera esta vez notó que algo estaba raro. Al entrar a la gasolinera para buscar las monedas de los tanques de gasolina, vio un reloj digital que decía 26 de enero del 2023. Iván se espantó porque cuando inicio todo desde que se levantó en Acapulco, era 15 de septiembre del 2022. Cuando empezó a agarrar cosas de la tienda descubrió que varias cosas estaban perdiendo el sabor poco a poco, y la fecha de caducidad se empezaba a acercar. Iván entendió que entre más tiempo pasaba menos tiempo tenía para encontrar una solución.

Por la falta de sueño y el estrés, Iván empezó a ver cosas, al terminar de repostar combustible ya a punto de irse, empezó a oír una radio en una casa cercana, donde se escuchaba una canción de los años 30s. Iván se acercó a la casa, abrió la puerta y cuando llegó a la fuente del sonido, vio que no había nada. La música paró… como si alguien quitara la aguja del tocadiscos, después se empezó a oír un canto como un chiflido, y unos pasos. La piel de Iván comenzó a enchinarse y salió de la casa corriendo, muerto de miedo. Sacó las llaves y prendió el choche mientras aun escuchaba ese canto, que parecía la muerte asechándole. Después empezó a gritar del miedo mientras conducía. Por eso, decidió prender su radio y progresivamente el sonido que lo asechaba se fue. La falta de nutrientes y de sueño provocaron que la salud mental de Iván decayera, lo peor era que en poco tiempo, se iba a quedar sin comida y otras cosas.

Escuchaba canciones antiguas que más lo estresaban, mientras iba a The Plaza Hotel. Cerca del aeropuerto entró al hotel, fue a la sala de llaves, agarró la habitación presidencial, fue hasta ella, abrió la puerta, dejó sus cosas, se bañó, se puso la bata del hotel y se durmió como un oso. En ese momento eran las 11:00 PM.

Ya es el día 135, a las 2 de la tarde del día siguiente. Iván despertó y agarró el teléfono del hotel e intentó llamar a recepción. Cuando no contestaron, recordó que estaba solo en este mundo y que muy prontamente morirá. Se despertó, se bañó, fue a la lavandería del hotel, donde se desnudó, porque la vergüenza la perdió desde hace mucho tiempo. Limpió su uniforme militar, y luego de que la ropa se lavase, la puso en la secadora, agarró su ropa, fue a su habitación, se cambió con la ropa deportiva que nunca se puso, y que ni se había dado cuenta que estaba ahí. Después fue a la cafetería, donde prendió la tele con los anuncios de infomercial. De ahí se dirigió a la cocina se hizo unos huevos y un desayuno que no había comido desde hace tiempo. Comió su huevo con jamón mientras veía los infomerciales, y al terminar cuando iba para su habitación, empezó a sonar un teléfono.

Se dirigió a la recepción y vio que el teléfono sonaba, Iván contestó

—Sé que estás mal, pero deja la depresión. Sal de ese hotel, la humanidad depende de ti, hasta te puedes salvar, ¿Quieres que te cuente quién eres realmente? —Cuestionó la voz misteriosa del teléfono.

—Claro que sí. —Respondió Iván.

—Mayor de Transmisiones Iván S. Fuerzas especiales del grupo de ingenieros selectos, estudiantes en el Colegio Militar de Ingenieros te graduaste con honores y con la mejor calificación, tomate muchos cursos. No solo eso, también tomaste un curso de sistemas de calidad, y pues el mismo presidente llegó a tu oficina y te preguntó si podrías hacer un trabajo ultrasecreto. Aceptaste, te llevaron al IPN y estuviste investigando con una máquina para. —Dijo la voz misteriosa antes de ser interrumpida por una alarma de acercamiento.

—¡OHH mierda la alarma se activó! antes de tiempo; corre ve por tus cosas y súbete a tu carro. —Indicó la voz. En cuestión de minutos, Iván subió las escaleras saco todas sus cosas guardo lo demás, bajó casi como atleta las escaleras, se subió a su carro, y lo prendió.

—Toma toda la avenida Queen Liluonaki Fwy y ve deprisa, ¿sabes? mejor te dejo el Google Maps. — Dijo la voz misteriosa. De la nada aparecieron las indicaciones a la base Perl Havor. A toda marcha Iván fue forzando el carro como a 200 KM por hora y fue hasta Pearl Havor. El puesto vehicular se lo saltó rompiendo la barra de estacionamiento. En su camino a la base vio que los antimisiles empezaron a dispararse a diferentes partes de la ciudad siendo específicos en la parte de la montaña, al entrar a la base área.

—¡Uy mierda! Me confundí no era esa, pero intenta salir de Hawái o… ya se ve al Pacific Warfighting Center [26], corre y busca la sala de guerra y escóndete de las criaturas, vienen por ti. "Fin de las comunicaciones" —Dijo la voz misteriosa, y colgó.

Después de tanto buscar, Iván no encontraba la habitación de guerra; empezó a escuchar pasos y ese canto de la muerte. Comenzaron a oírse muchos pasos, retumbando por todo el lugar, eran de varias criaturas, y a Iván se le enchinó la piel. Luego se sintió extremadamente nervioso y con miedo, se asustó a un punto que empezó a correr y gritar de la desesperación. Al final encontró la sala de guerra que estaba cerrada con tarjeta, intento usar su tarjeta de acceso, de milagro entro y cerró la puerta. Después escuchó muchos pasos y ese canto de la muerte cerca, cada vez más cerca y los pasos pararon… Se escucharon suspiros y ese canto atrás de la puerta, después los pasos se fueron alejando como si se fueran, pero el canto seguía ahí poco a poco se iba alejando, recordándole a Iván que estaba cerca su final y que solo tenía una oportunidad… una vida. Cuando el canto se fue, se dio cuenta que ese canto no era un canto, era el silbido de la muerte.

Al estar dentro del centro se dio cuenta que el país estaba en alerta máxima. Encontró algo en su bolsa, era el CD del barco. Buscó una computadora todas eran modernas y no tenían una entrada de CD. Hasta que por fortuna encontró una. Prendió la computadora, inserto el CD y empezó a cargar una secuencia predefinida. Apareció en la pantalla principal, un tipo presentación de toda la situación:

Capítulo 11.1

10 de septiembre de 2022 20:24 Minutos.

Instituto Politécnico Nacional, Centro de Investigación e Innovación, laboratorio (Datos borrados).

El investigador General Iván S. Mayor de Transmisiones, acompañado del secretario de la Defensa Nacional y otros investigadores. Estos investigadores estuvieron desarrollando una máquina de agujeros de gusano para poder viajar entre … esta máquina podrá darnos la oportunidad de viajar (Datos borrados). El mayor Iván en compañía del investigador junior sub. Tte. Gustavo y Tte. Josué M. a la hora de hacer la demostración en el sótano de las instalaciones. La máquina fue prendida sin interrupciones en un ejercicio para poder transportar objetos de un país a otro. El General Secretario insistió por poner la maquina aun en pruebas que haga (Datos borrados) . La máquina sufrió un sobrecalentamiento después de unos minutos, provocando que un destello de luz que cegó temporalmente a las personas. El General Secretario fue evacuado, mientras que los investigadores intentaron apagarla. Iván fue jalado a la máquina de (Datos borrados) estuvo 30 segundos dentro del (Datos borrados) fue sujeto del pie y sacado; Iván no respondía a los estímulos, después empezaron a incendiarse las instalaciones. Iván nuevamente fue tragado otra vez por la máquina, sus compañeros lo abandonaron y salieron corriendo de las instalaciones. 22:00 horas, después de apagar el fuego empezaron las búsquedas para localizar al mayor Iván, mientras lo buscaban, lo encontraron en un salón sin ninguna herida u otro desperfecto. Lo llevaron a la ambulancia militar, donde le atendieron. Unos minutos después, despertó, sin complicaciones, pero con problemas para recordar, los investigadores y los demás fueron llevados al hospital militar.

13 de septiembre de 2022 10:40 de la mañana.

Se reportan en todo el país criaturas humanoides de un tamaño de 2 metros y muy fuertes. Empezaron los heridos, este hecho fue censurado por la Secretaría de la Defensa Nacional.

13 de septiembre de 2022 20:23 de la noche, Puebla México

Cerca del teleférico comenzaron a aparecer esas criaturas. Empezaron a atacar a la gente, al mismo tiempo, la Secretaría de la Defensa Nacional intentó contrarrestar la amenaza y se crea la coalición para contrarrestar esto. México logra capturar especímenes y los lleva al barco de esta coalición. Se activa la ley marcial en todo el mundo y se declara emergencia mundial. La Misión ADAN se adelanta y envía a la gente de gran importancia a colonizar nuevos planetas.

14 de septiembre del 2022

Grabación de voz:

—Está todo perdido. Esta será mi primera y última nota. La última misión Adán no se terminó e Iván no llegó. Se fue su nave, el presidente y los demás abandonaron la tierra hace 3 minutos. Las cosas atacaron y casi toda de la población murió. El ataque fue a la noche, el último lugar seguro es Acapulco y Japón, pero se aproxima que no será por mucho. Hubo una ráfaga de radiación que borró partes de este documento, y distorsionó varios equipos electrónicos que cambiaron la fecha pues. Jeje. Oh dios, no puedo mantener la cordura, las cosas empiezan a acercarse a Acapulco y esto está perdido. La Tierra ya no se considera segura. Repito la Tierra no es segura. Todo por culpa de ese experimento, que Dios bendiga a la humanidad y que nos salve. El intento de encontrar una manera de exterminarlos es en vano. Estamos muertos. Fin de las comunicaciones. —Una voz desconocida dejó este mensaje desde el barco, donde Iván encontró el CD.

Capítulo 11 Parte 2

Después de ver esta presentación Iván se quedó frio, y con escalofríos. Se preguntó que hizo. Empezó a reflexionar,

—Datos borrados, datos borrados, ¡Ya se!, todo sistema electrónico falló por radiación, por eso la comida empezó a perder sabor, la neblina no la explico. Si la radiación daño los electrónicos, y lo único que podría sobrevivir sería... El, papel. —Dijo Iván.

Se iba ir de la sala de guerra, pero antes le llamó atención algo en la pantalla, una notificación. Al abrirla encontró que venía de alguna parte, al abrirla apareció un video:Con un astronauta

—Hola creo que ya todos están muertos, es una locura que en menos de 3 días murió la raza humana. Estoy con la capitana y con su hijo, el padre no pudo estar presente, pero… La raza humana debe presidir y recibir el último mensaje, y pues, ¿qué digo? Desde aquí no veo actividad y pues creo que ya valió todo, estamos próximos a la órbita de Marte. Pero todos murieron. Este será mi último mensaje. Tal vez no sea leído por nadie, es hora de dormir, fin de las comunicaciones. —Se despidió el especialista de computación del Adán 12.

Al ver este video quedo casi llorando porque el mensaje fue el día 16 de septiembre del 2022, justo al día siguiente de haberse despertado. Intento llamar al Adán 12, pero nada. La razón el especialista era su amigo y la capitana era su esposa. Y el niño su hijo. Empezó a reír de la alegría Iván. Decidió buscar cosas de la sala de guerra, salió de ahí, ya era de día y sonaba la canción después del ataque. Fue directo al Aeropuerto Internacional de Honolulu, para la suerte de Iván estaba un avión de carga de los Estados Unidos, que estaba cargado de vehículos; sacó los vehículos, metió su camioneta y fue hacia la Ciudad de México.

Capítulo 12 Ciudad de México

Iván llegó al Aeropuerto Internacional Benito Juárez, con un aterrizaje algo difícil y rozando de combustible.

—Llegaste aquí estas en tiempo, pero no tanto, tienes poco tiempo para poder investigar descubre tu pasado. —Le explicó la voz misteriosa.

Ya en la ciudad Iván se puso las pilas y empezó a investigar, primero fue hasta el Palacio Nacional, ahí entró al recinto porque la puerta estaba abierta. Buscó y buscó durante un tiempo y encontró la oficina presidencial. Al ver la puerta se dio cuenta que estaba reforzada, pero abierta, el recubrimiento era de madera, pero la puerta era gruesa. Al entrar había un caos en la habitación como si la hubieran evacuado y una cámara de televisión enfocando a la oficina. Iván empezó a ver y estaba una computadora en el escritorio que de normalmente no debería estar. Al ingresar a esta computadora, se dio cuenta del plan de evacuación de México, y encontró la gorra con la jerarquía del Secretario de la Defensa Nacional y del presidente tiradas en el piso como si hubiesen salido a prisas. Al lado del escritorio, de nuevo en la computadora, al seguir viendo más cosas, el teléfono rojo empezó a sonar,

—Necesito que sepas esto, para ver si lo recuerdas, debes saber cómo llegaste a estar así

—Dijo la voz misteriosa. En eso se encendió un televisor frente a él —Tienes que saber. —Insistió la voz.

---

13 de septiembre de 2022 a las 20:00

Los mutantes salidos de la maquina empiezan a aparecer en la Ciudad de México, las comunicaciones de la ciudad están bloqueadas. Se emite la siguiente alarma en todas televisoras y radios.

—***Alerta nacional. Alerta nacional.*** El día de ayer en toda la república empezaron a aparecer criaturas humanoides de 2 metros, hostiles, en caso de encontrarse en esta situación debe alejarse de ellos. Toda la República Mexicana y el mundo están en peligro. Si está en su posibilidad debe ir hacia el puerto de Acapulco de Juárez. En caso de no poder ir a la zona militar más cercana a usted con todos sus documentos de identidad y todo documento que lo identifique, los habitantes de la ciudad de México deben ir a la 1era zona militar. —a continuación, un mensaje del Presidente de la República Mexicana —Decía el mensaje en un tono robótico.

El presidente daba un menaje de alivio a la población desde su oficina presidencial

—Buenas noches población mexicana, el día de hoy criaturas extrañas empezaron a aparecer en toda la república. Actualmente se activa la ley marcial, toda la población favor de ir hacia Acapulco de Juárez, es el último lugar seguro en México. Que tengan una bonita noche —Dijo el presidente quien fue evacuado un avión de la Secretaría de la Defensa Nacional. Se activa la ley marcial, empiezan a aparecer las cosas en la ciudad mucha de la gente no pudo ser evacuada muchos si pudieron salir de la ciudad. La 1er zona militar es otro lugar seguro para la gente no evacuada. Después de un rato las sirenas se apagaron.

13 de septiembre de 2022 a las 20:23.

Empiezan a aparecer las criaturas en diferentes puntos del mundo. La mitad de la población muere en los ataques. Artistas, muchas celebridades y personas de importancia, como científicos, entre otros, son llevados en aviones hacia Boca Chica, Texas, Vandenberg y Kennedy Space Center. Y a centros espaciales acuáticos alrededor del mundo. Donde son evacuados en las misiones Adán.

14 de septiembre del 2022

Casi toda la población mundial muere. Las misiones Adán son lanzadas, Acapulco deja de ser segura y los pocos sobrevivientes son evacuados en el barco de las Naciones Unidas. Los pocos sobrevivientes intentan estar a salvo, cuando las criaturas atacan y todos mueren. El ultimo humano, tú, despiertas después.—Fue todo lo que dijo la voz misteriosa antes de colgar.

—¡POR DIOS! —Grito Iván después de oír todo esto.

Salió de la oficina presidencial con una sensación de preocupación, fue caminando hasta una tienda que estaba cerca y cuando agarró un pastelillo, se dio cuenta en la etiqueta de caducidad. La fecha de caducidad era el 28 de febrero del 2023. Busco una computadora y vio la fecha era 31 de enero del 2023 al ver otros productos se dio cuenta que muchos estaban caducando.

Iván empezó a escuchar el silbido o canto de la muerte de Hawái. Aunque era parte de su cabeza, Iván, ya fragmentado mentalmente salió corriendo de la tienda gritando. Sonaba más cerca el canto y era un recordatorio que ya casi iba a morir, que tenía poco tiempo. Era una verificación de que el fin de Iván se acercaba. Después de conducir desesperado, Iván, en su camino por Palacio Nacional, decidió pasar por Bellas Artes. Y estaba totalmente solo cuando empezó a sentir una sensación ya recurrente de soledad y miedo. Al entrar vio toda la maravillosa estructura asombrado y de la nada una radio se encendió, reproduciendo música.

Iván fue a ver, al apagar la radio empezó a sonar la alerta sísmica. El cielo empezó a brillar y el suelo a moverse. Espantado, salió de Bellas Artes viendo que era un temblor bastante fuerte. Luego empezó a oír muchos edificios cayéndose, después comenzó a escucharse la alarma de ellos, que venían. Iván regresó corriendo a Bellas Artes para ocultarse. Se metió, pero antes agarró su escopeta del carro y cerró la puerta con llave. Comenzó a escuchar el movimiento de los pasos, más y más cerca. El contacto fue mayor que cuando estuvo en Hawái. Los pasos venían de arriba y empezó a escuchar el canto de muerte más cerca de él y vio por primera vez a las cosas enfrente a él.

Uno apareció desde arriba, cayendo al piso sin lastimarse. La criatura se le quedó mirando y el canto de la muerte empezó a escucharse en su oído. La criatura empezó a correr hacia Iván, quien agarró su escopeta y empezó a disparar sin piedad a la criatura. El sonido empezó a atraer a los demás. Después de varios escopetazos, la criatura no moría. Corriendo, Iván subió las escaleras, atrás de él la criatura lo empezó a seguir, pero empezaron a perseguirle más criaturas.

Iván, de la desesperación corrió y corrió hasta una ventana donde las criaturas lo perseguían

—¡Ahí se ven! —Gritó y calló en una plataforma. Iván casi llorando subió a la Torre Latinoamericana hasta el último piso, se ocultó por la ventana y esperó.

Pero el canto de la muerte seguía ahí. Mientras las cosas empezaron a subir por la torre, Iván apresurado fue hasta el techo mediante la escalera de servicio. Cuando subió hasta la antena, empezó reflexionar sobre su vida, y pensó si debería saltar de la torre porque ya era mucho para él. El canto de la muerte estaba en su oído, y empezó a sonar una canción calmada. De pronto se quitó la alarma por los altavoces de la ciudad, cuando Iván estaba a punto de lanzarse desde la torre acorralado.

—¡Hey! Mira, ¿vez lo difícil de la situación? Tú puedes, si sobrevistes solo casi 1 año podrás sobrevivir de esta —Dijo la voz misteriosa desde los altavoces de la ciudad

—¡Dime quién eres! y cómo puedes hacer eso, y cómo puedo salir de esta —Gritó Iván esperando respuestas,

—Iván, Iván, creo que ni me recuerdas desde ese día, no podemos hablar, estás atrapado, estás bien —Dijo la voz misteriosa mediante los parlantes de la ciudad.

El letrero luminoso empezó a poner la frase "Dispersión". La torre empezó desde la antena, lanzó un rayo azul hasta el cielo. Las nubes empezaron a llegar y después de unos minutos la lluvia llegó y una neblina espesa empezó a cubrir la ciudad. El teléfono satelital que aún tenía Iván empezó a sonar. —ya puedes bajar es seguro. —Confirmó la voz misteriosa y después colgó. El canto de la muerte empezó a alejarse poco a poco hasta que desapareció. Iván bajó la torre en el elevador con una sensación rara. Cuando llegó al primer piso estaba como siempre.

Al salir vio su carro y aún estaba la ventana rota del Palacio de Bellas Artes. Al ver la ciudad, notó que estaba fría y vieja, y que había basura que no la había visto. Después de conducir durante horas llegó hasta el Colegio Militar de Transmisiones. Entró a las instalaciones a ver qué información podría encontrar, no pudo acceder porque la puerta estaba cerrada y directamente fue la Dirección

General de Transmisiones donde entró levantando la barra de seguridad.

Al ingresar, Iván se metió a la Escuela Militar de Transmisiones, donde se llevó algunos equipos de rastreo y GPS, por si lo necesitaba. Bajó durante un tiempo visitando las instalaciones y encontró el metro, "Transmisiones militares" decía justamente en el vagón. Pero mejor decidió regresar a su carro. Después de una media hora, Iván llegó hasta el CIITEC[27] del IPN donde todo empezó. La puerta estaba bloqueada por cintas de precaución. Iván las quitó ya al estar en la puerta de las instalaciones y al entrar se dio cuenta que estaba aún quemado. Al entrar recordó algo. Al ver un árbol un poco quemado recordó otra vez.

—Buenas noches mayor soy el General Brigadier Gael, Vengo de parte del presidente de la república, ¿Me podría indicar que pasó mayor?—Preguntó el General Gael en el recuerdo.

—Mi General todo empezó mal, cuando prendimos la maquina la fuerza del portal empezó a jalar todo lo que estaba cerca, mi General Secretario desde el altavoz insistió por mantener el puente de puente Einstein-Rosen más tiempo. Fue cuando pareció que la máquina expulsaba algo, pero no lo vi bien. Luego fui tragado por la maquina por un tiempo que desconozco. Y hasta ahí me acuerdo, pero lo último que vi antes de perder la memoria, fue volver a estar en el instituto. Con todo en orden y mis compañeros mirándome, pero eran diferentes, pero hasta ahí. —Dijo Iván en su recuerdo.

---

27 CIITEC - IPN. Centro de Investigación e Innovación Tecnológica.

—Mayor, pero ¿Me podría explicar? Sé que esta espantado y que el instituto se está quemando enfrente nuestro, pero ¿Por qué la maquina falló? —Preguntó el general en el recuerdo.

—Mi General, la maquina falló por error, alguna presencia mayor hizo que un líquido refrigerante fallara y que se sobrecalentara, provocando que tal vez otra dimensión se haya perjudicado. O que un portal en el espacio se haya creado, quién sabe. Si hubiéramos apagado la maquina a tiempo esto no hubiese pasado, mi General eso es ra... —Dijo Iván en el recuerdo antes de desmayarse.

—Llévenlo al Hospital Central Militar y rápido. —Ordenó el General Gael en el recuerdo.

Por dios, al entrar, las instalaciones estaban aun quemadas, al estar dentro recordó algo.

—Mayor, soy el Jefe de Investigación. Su laboratorio será en el subsuelo, solo pase su tarjeta en el lector del elevador y bajara hasta allá, o si no, baje por las escaleras y use su tarjeta. —Explicó el jefe de investigación en el recuerdo. Iván supuso que el elevador estaría roto.

Bajó, vio una puerta y entró, llegando a unas escaleras. Bajando las escaleras en el último piso había una puerta. Pero insertó su tarjeta en el lector y resultó que había más escaleras. Durante un rato Iván bajó escaleras hasta cansarse. Al llegar al último piso, exhausto, notó que era obscuro porque las luces estaban un poco quemadas. Al insertar su tarjeta de acceso, ingresó a la habitación, la cual estaba normal. Ahí encontró unos asientos y una carpeta en un escritorio. La habitación era grande con un ventanal blindado, y con servidores atrás. Al ver los documentos, distinguió un título en grande y al lado un mensaje de documentos clasificados, al verlos, notó un título interesante "Experimento 30013WRL IPN-1".

General Secretario de la Defensa Nacional presente.

Por medio de la presente, quisiera informarle acerca de los planes de la demostración de la máquina (nombre provisional) en la cual se probará la eficacia de (Datos censurados) utilizando la teoría propuesta por el renombrado científico, Albert Einstein.

El evento se llevará a cabo en el mes de mayo y será encabezado por el mayor. (Datos borrados), quien ha trabajado incansablemente para llevar a cabo este experimento. Esperamos que este avance en la tecnología pueda contribuir a nuestro entendimiento del universo y a la mejora de la calidad de vida en la Tierra.

Agradecemos de antemano su atención y colaboración en este proyecto.

Atentamente,

El Comandante Supremo de las Fuerzas Armadas, Presidente de los Estados Unidos Mexicanos.

Iván no pudo ver más porque el texto fue rayado con una tinta de seguridad. Salió enfurecido pensado que toda la información de lo que pasó estaba censurada u omitida o destruida. Al ver la máquina, Iván, golpeó el escritorio y provocó que un documento que no había visto se cayera. Iván bajó hasta la zona de pruebas y al ver la máquina se dio cuenta que estaba apagada. Pero se preguntó qué pasaría si la prendía. Antes de tocar el botón de iniciar, empezó a sonar una alarma baja y las luces se pusieron azules mientras un teléfono sonaba. Iván fue hasta el teléfono y lo contestó

—Ni se te ocurra, tan lejos llegaste para perderlo. Si presionas ese botón tu mundo podría hacer kaboom. No lo hagas. Te lo digo —Dijo la voz misteriosa

—¡Ya dime quién mierda eres y cómo puedes hacer esto! ¡Intervenir teléfonos, sistemas, y ser una identidad omnipotente y omnipresente! —Reclamó Iván enfurecido. —Mira no te puedo decir, pero tienes que creerme, no lo hagas —Antes de terminar la frase Iván colgó el teléfono, y empezó a sonar la alarma.

—¡Détente! ¡Vas a causar una paradoja y otras cosas! —Advirtió la voz misteriosa desde el altavoz,

—No sé quién eres, pero gracias por ayudarme y por cierto ya estoy solo y moriré en unos días por el alimento ¿Por qué tengo que harte caso? —Repuso Iván en un tono prepotente. Antes de presionar el botón escucho unos pasos,

—¡Vas a hacer un desastre! ¡Detente! —Insistió la voz misteriosa por el parlante gritando y angustiado.

—Me vale —dijo Iván y presionó el botón haciendo que la habitación comenzara a ponerse roja.

De la maquina en forma de circulo con una profundidad, empezó a brotar una capa azul verdoso, y una luz blanca comenzó a alumbrar la habitación. En las pantallas había un mensaje de inestabilidad del portal en 10 segundos por sobre calentamiento. Iván prendió el apagado automático y entro al portal. Cuando el portal se apagó ya no se encontraba Iván, todo estaba como antes, el portal había hecho que algunas cosas flotaran, la alarma se apagó. Y la habitación empezó a lazar un líquido frio a la máquina.

Capítulo 13 Japón, Tokio.

Iván despertó en un metro en movimiento, estaba acostado, en el piso, con mucho dolor en la cabeza y una sensación de pérdida de memoria. Cuando las puertas del metro se abrieron, se quedó parado en una estación. Al levantarse no sabía dónde estaba. Al salir vio una estación en mejor estado que las de la Ciudad de México. Vio un letrero en japonés y que las instalaciones estaban en muy buen estado, pero sin nadie. Al ver que no había gente, pensó otra vez en lo solo que estaba. Gritó de la desesperación al salir de la estación y se dio cuenta que estaba en Wakōshi Station, al final de una línea del metro de Tokio. Al salir notó que era de mañana. Era difícil respirar, faltaba oxígeno y había una neblina intensa. La visibilidad era baja.

Notó que había salido por la salida norte y enfrente estaba una tienda con el nombre de Familymart. Entró a la tienda casi desmayándose. Por fortuna estaba surtida, y vio un estante con periódicos. Después de mucho, leyó algo de información. Pero para su mala suerte, estaba en japonés e Iván no entendía nada de ese idioma. Pero si había fotos del Instituto Politécnico donde estaba, aunque en llamas. También se distinguían fotos del primer ministro, del emperador japonés, el ministro de defensa de Japón, y del Secretario de Relaciones Exteriores de México. Iván sacó algunas cosas para comer, y se fue.

Iván se preguntó cómo llegó de la Ciudad de México a Tokio en poco tiempo. Ahora se encontraba sin rumbo, con un fuerte dolor de cabeza, desorientado, y un poco de amnesia[28]. No recordaba cómo llegó hasta allá, pero sí recordó que estaba en la Ciudad de México investigando. De un modo u otro Iván llego hasta Wakō, Prefectura de Saitama. Estaba en Yatojima Park, y al ver el parque sintió un alivio mezclado con preocupación. Iván hizo algo que no había hecho, entrar a una casa. La casa estaba cerca del parque y lo curioso era que la casa estaba abierta. No era una casa, en realidad, eran unos condominios. Al entrar a uno de los departamentos encontró una computadora prendida y un desastre de papeles. La habitación era grande y con un baño, los documentos decían lo siguiente:

En relación con el Proyecto 30013WRL, les informamos que se llevará a cabo una misión de carácter confidencial en la estación de Wakōshi Station. Se espera la aparición de una persona cuyo rescate es de vital importancia para la realización de nuestros objetivos estratégicos.

Por tanto, se requiere la presencia de uno de nuestros agentes en el lugar mencionado, con el fin de asegurar la extracción de dicha persona antes de que sea interceptada por las autoridades locales. En caso de que la persona en cuestión no se presente a las 14:40 hora TOKIO, se deberá proceder con la inmediata repatriación del agente a México.

Solicitamos la más estricta confidencialidad y discreción en este asunto, y esperamos contar con su total colaboración para el éxito de esta importante misión.

Atentamente, director del Proyecto 30013WRL.

Era un tipo de fax enviado a la persona que estaba aquí, en la computadora. Encontró una nota periodista:

Ciudad de México, 13 de septiembre del 2022

Incendio en el IPN

El día de hoy se ha reportado un incendio en las instalaciones del Instituto Politécnico Nacional (IPN) en la Ciudad de México. Aunque las autoridades no han explicado las causas del suceso, se especula que se debe a una explosión que se habría generado por una fuga de gas.

APARECEN COSAS TIPO HUMANOIDES

La gente reporta que durante todo el día han aparecido cosas tipo humanoides en la Prefectura de Aichi, se cree que también empiezan a aparecer en la ciudad de México el ministro de la defensa explica que no hay que preocuparse.

---

14 de septiembre de 2022

ESTAMOS MUERTOS

Mucha gente en Japón y muchas partes del mundo están muriendo, es el fin de los tiempos, cosas humanoides, son ultrapeligrosas. Gracias a todos nuestros lectores por vernos durante tanto tiempo, pero, ya es el fin. Estén con sus familias, el primer ministro comenta que es el fin, ya le terminó el tiempo a la humanidad. Gracias por todo.

Estas fueron las ultimas notas de un periódico digital en Japón, traducido al español. Iván recordó lo que hizo en el IPN. La amnesia se le había pasado y empezó a sufrir una depresión. Se acostó en el piso, casi llorando. La tele estaba prendida donde simplemente transmitían infomerciales. Empezó la alarma sísmica con epicentro en el mar, a los segundos inició un sismo tan fuerte que la electricidad se fue. El edificio empezó a tambalearse extremadamente, algunas ventanas se rompieron. Al bajar, se dio cuenta que el cielo empezó a nublarse. El sismo duró otros segundos y paro. Después de unos minutos empezó la alarma de tsunami, y era un sonido muy fuerte. Iván se espantó, agarró un carro rompiendo una ventana y haciendo un puente prendió el choche y se fue lo más alto posible. Aunque no fue muy lejos por el combustible. Se metió a una casa y esperó lo peor, porque fue un terremoto muy fuerte; supuso que iba a ser un tsunami algo grande.

Iván se había quedado dormido y al despertar salió de la casa, y vio que la calle estaba mojada. Al subir al techo de la casa se dio cuenta que una parte de Tokio había quedado destruida. Al ver las casas rotas, Iván recordó una cosa que pasó durante el tiempo del desastre y también recordó lo que pasó el IPN y cómo llegó a Japón. El día que Acapulco fue atacado. Meses atrás.

—¡Corran por sus vidas! ¡Ellos ya llegaron! —Dijo un hombre en el recuerdo de Iván. La gente empezó a correr por sus vidas, mientras la alarma sonaba,

—Esto es toda tu culpa. —Reclamó un transeúnte a Iván mientras pasaba cerca de él.

Iván caminando con los audífonos. Llegó a su casa de Acapulco, subió las escaleras, cerró con llave el edificio, se metió a su casa, donde cerró con todo con llave. Incluso las ventanas y las persianas. Antes de cerrar la última parte, que era una ventana con vista al mar, vio al fondo gente corriendo mientras aparecía el barco Patria, de Acapulco donde iba mucha gente. En el fondo un cohete que despegaba, la escena era horrible. Gente corriendo mientras las cosas los perseguían. Iván cerró la persiana, bajo su cama puso un tanque de monóxido de carbono[29], fue al baño e hizo del baño luego se bañó, se cambió y puso una canción. Abrió el tanque de monóxido de carbono. Antes de ir a su cama miro a la calle otra vez y vio que ya no había nadie, solo mucha gente muerta en el piso. Mientras las cosas se los llevaban, se acostó en su cama y se durmió para nunca despertar.

De regreso al presente, Iván recordó esto, se sentó y se puso a reflexionar.

—¿Cómo sigo vivo? y ¿Por qué me esfuerzo en vivir? Tanto mal he pasado. —Dijo Iván.

Mientras estaba reflexionando, escuchó una canción en el fondo, la canción de la vida en rosas, la misma que salía en la película favorita de unos de sus amigos. Al buscar la fuente del sonido, notó que en el fondo había algo moviéndose en la calle. Iván fue corriendo hacia el origen del sonido, y al buscarlo no encontró nada, pero sintió algo, como una mano tocando su hombro.

Iván se desmalló porque algo lo tocó, pero al despertar estaba en una cama, con una música relajante, y una taza de té. Se levantó del susto, y escuchó una voz en el fondo como de un hombre.

---

[29] El Monóxido de Carbono es un gas sin color ni olor y que puede causar la muerte. Comúnmente conocido como el "asesino silencioso" porque no se puede ver, oler, ni probar. Cuando lo respiras, causa un cambio en las células de la sangre que previenen que transporten oxígeno. (Texas Poison Center Network, 2023).

—¡Hey! Calma no te vayas de la cama, estás cansado, llevas horas así. descansa. Ya voy quédate ahí. —Dijo una voz masculina en el fondo de la casa donde estaba Iván.

Se escuchaban sonidos de alguien cocinando, Iván se volvió a acostar y empezó a pensar que todo era un sueño. Al inspeccionar su alrededor. La habitación era típica japonesa, aunque era grande. Con un ropero, pero a diferencia de las habitaciones tradicionales japonesas, la habitación tenía una cama tipo americana acolchada. E Iván tenía una ropa típica japonesa. Se acomodó en la cama, unos minutos después se escuchó afuera de la puerta.

—¿Puedo entrar? —Preguntó la voz.

—Claro. —Respondió Iván. Entre parpadeos vio a una persona entrar a la habitación.

—Oye Iván estas muy mal esos desmayos son feos, te traje unos huevos con tocino para que sintieras mejor… toma —Dijo la voz cuando Iván vio que le ponían una mesa para cama. Era un café y unos huevos con tocino, que comenzó a comer.

—Muy buenos huevos y el café, ¿Cómo te llamas? —Intervino Iván mientras comía sin mirar a la "persona".

—Me llamo Hachiman a tus órdenes. —Cuando la "persona" se presentó, Iván lo miró con detalle, y al verlo con más cuidado, se dio cuenta que era un robot.

Iván gritó del susto derramando un poco el café.

—Nunca habías visto un robot, Iván, ¿Por qué te asustas? —Preguntó Hachiman, el robot.

—Es-Es que pe-pensaba que-que fue-fue un sueño el tsunami el terremoto y que la humanidad mu-murió. —Dijo Iván tartamudeando.

—Si eso pasó y mis creadores me abandonaron en los laboratorios, los esperé meses hasta que salí de los laboratorios y vi que ya no había nadie en Japón. Fui al Kantei[30] y me conecté a todas las cámaras de Japón y sus sistemas, como esa película de control donde una IA[31] controlaba todo en Estados Unidos, y pues, al ver las cámaras no había nadie en Japón, y justamente antier, de casualidad me puse a ver las cámaras de Japón, te vi en el metro acostado en un vagón, llevé ese vagón hasta la última estación y cuando despertaste, fui directo a donde estabas. Te estuve rastreando por todo Tokio y cuando te iba a ver en el parque, empezó el terremoto. Te fuiste corriendo y luego en el carro. Cuando empezó a llegar el agua a la costa mientras veía el sistema de alertamiento y las cámaras, me fui corriendo hasta una calle. Me estaba quedando sin batería y me puse a recargar con el sol. Cuando me cargue completamente. La calle estaba mojada y me fui hacia un arbusto a secarme. Y como mis creadores me pusieron sentimientos, puse un poco de música mientras me secaba. En ese momento fuiste a ver qué pasaba, te vi, y me asusté, apagué la música y me fui atrás de ti. Te intenté llamar, pero te desmayaste, por eso te traje y aquí estamos. —Explicó Hachiman.

Iván quedo impresionado, pero pudo seguir comiendo sus alimentos tranquilamente, algo que no había hecho desde hace mucho. Cuando terminó, se levantó de la cama.

—Oye, ¿Te gustaría investigar más de lo que pasó? No he tenido ningún acompañante. Y Hachi, puedes acompáñame en mi aventura por el mundo para descubrir la verdad. —Ofreció Iván.

---

30 Oficina del Primer ministro.

31 Inteligencia artificial.

—Claro que sí, sabes no tengo a nadie. ¿A dónde iremos? —Preguntó Hachiman.

—¿Cuál es el aeropuerto no destruido más cercano a nosotros? —Preguntó Iván.

—El aeropuerto de Honda en la Prefectura de Saitama, y tienen un jet con suficiente combustible para llegar al aeropuerto de dunas en Torrori Conan y tomar otro avión hacia Aeropuerto Internacional de Cheongju. De ahí, podemos tomar un avión grande hacia casi todo el mundo. —Explico Hachiman.

—Entonces, es hora de ir a Acapulco. —

Después de eso, Iván fue al ropero y se cambió, mientras Hachiman se alistaba y descargaba muchos mapas. Cuando estuvieron listos, tomaron rumbo hacia al aeropuerto de Honda donde agarraron un jet. De ese punto se fueron a Torrori, donde al llegar tomaron un avión ligero y fueron a Seúl. De Seúl, agarraron un avión pesado de lujo y directo fueron a Acapulco.

Capítulo 14 De Nuevo en Acapulco

Al llegar a Acapulco en avión, Iván y Hachiman se dispusieron a salir del aeropuerto. Pero todo lucía diferente por lo abandonado que estaba, la carretera llena de polvo. parecía más de una película del fin del mundo. El ambiente era más nublado con una visibilidad baja, según seguían su rumbo. Iván se preguntaba que le habría pasado a la voz misteriosa que lo ayudaba. Desde que lo desobedeció le dejo de hablar. Iván encontró un auto, y en segundos Hachiman logró abrirlo y prenderlo con solo verlo.

—En mis funciones también están controlar casi todo lo que funcione con NFC[32] o RFDI[33] o casi todo a control remoto y sistemas de radio frecuencias—Explicó Hachiman.

"¡Wow! Eso me va a servir" pensó Iván, luego se dispuso a conducir el carro hacia la costa. Entre más avanzaban, todo lucía diferente, más abandonado y triste. Al ya estar en la costa todo estaba más desordenado y vio detalles que no había notado cuando apenas despertó. Sangre seca, autos abiertos, maletas tiradas... Así estaba toda la costa, la Avenida Miguel Alemán estaba en muy mal estado. Los edificios estaban cubiertos con maleza, poco a poco se notaba que la humanidad se había extinto.

Decidieron parar en Galerías Diana, donde el lugar estaba con un polvo intenso y los pisos se encontraban polvorientos, y con las luces fallando. Fueron a un

---

[32] Near-Field Communication o Comunicación de Campo Cercano.

[33] RFID o Identificación por Radiofrecuencia.

restaurante de comida rápida donde pudieron abrir la cortina gracias a Hachiman. Todo estaba con mucho polvo, ni ratas había. Como el restaurante tenía la fama que sus alimentos nuca caducaban, sacaron una carne de hamburguesa y la empezaron a cocinar con lo poco de aceite que quedaba. Después de comer su hamburguesa, Iván salió de las Galerías Diana con Hachiman. Siguieron conduciendo, mientras iban por la Avenida Costera Miguel Alemán, Iván miraba toda la costa recordando cuando Acapulco fue invadido por las cosas.

—¿Qué pasa Iván?, porque tengo funciones médicas y veo que te encuentras depresivo. Y… ¿a dónde vamos? —Preguntó Hachiman en el carro.

—Iré donde todo empezó y no me siento bien. La verdad esto me llena de malos recuerdos. —Explicó Iván en un tono desanimado. Siguieron conduciendo hasta que un momento Iván freno el carro abruptamente.

—¿Por qué frenas? —Preguntó Hachiman.

—Vamos donde todo empezó. —Dijo Iván.

Salieron del carro y fueron a los departamentos donde las cosas iniciaron. Subieron las escaleras, entraron a su casa, que todavía tenía la puerta abierta. Y al entrar, Iván recordó cómo fue que todo empezó. Al ver debajo de la cama encontró el tanque de monóxido de carbono vacío.

—Oye Hachiman, ¿podrías buscar restos de monóxido de carbono en el departamento?,¿También puedes ir al cuarto de seguridad en el primer piso?, para checar cuando fueron las ultimas veces que abrieron la puerta y las cámaras, por favor. —Pidió Iván.

—Claro que sí. —Contestó Hachiman.

Iván siguió investigando la habitación que poco recordaba. Al ver el mueble donde había encontrado la mochila, se dio cuenta que había una caja de seguridad. Como ya había recuperado de la memoria, puso el código, y encontró una carpeta, junto a una pistola de 10 mm, futurista. Luego se sentó en la cama a ver los documentos, los cuales decían:

Si ves esto te rendiste e intentaste suicidarte, mediante un método que no expliqué, borré la parte de la memoria de que hay en esta caja fuerte, y lo que recuerdas es el código. Te deseo suerte, la esperanza no está perdida. Hay una plataforma de lanzamiento marítima de una compañía multimillonaria en Acapulco, pero para llegar debes tener un código de lanzamiento que se encuentra en el Ayuntamiento Estatal de Chilpancingo. Búscalo, y también un bote que llegue hasta allá. Te deseo suerte.

Después de leer la carta, Iván se quedó pensado sobre eso. Siguió viendo los documentos, y en uno estaba como era lo que debía buscar. Los documentos debían estar en una carpeta naranja, con el logo de la ONU y de Guerrero.

Hachiman regresó para avisarle a Iván sobre lo que había encontrado. Hachiman llevo a Iván a la sala de control, el sitio del día que toda la humanidad empezó a morir. Iván llegó a su departamento, una hora después entró un hombre misterioso. Y se fue del edificio. Además, captó a Iván saliendo de manera frenética cuando despertó. Eso era todo. Pero mientras regresaban al departamento, empezó a sonar una música de los 40s. Iván subió las escaleras y entró al departamento: rompiendo la cerradura.

El lugar era una base de operaciones, con todas las cámaras, y era la primera computadora que estaba conectada a internet. Iván se sentó y se dio cuenta que las cosas se acercaban a la ciudad. La pantalla de la computadora era grande y estaba dividida en 4 pantallas. El teclado tenía luces. En la pantalla estaba el mensaje: "Enemigos acercándose". Y empezó a escucharse la alarma.

—Hachiman ¡Agáchate y apaga tus conexiones externas y sonidos porque los podría atraer! —Dijo Iván desesperado.

—Ok, pero ¿Qué son esas cosas? —Preguntó Hachiman. —Son criaturas humanoides, de de 1.90 metros más o menos, muy fuertes, rápidos y con vista de águilas. Vinieron de un experimento donde abrimos portales interdimencionales y conectamos con algo. Luego, esas cosas vinieron y se reprodujeron. Después acabaron con la raza humana y la mayoría de los animales. —Dijo Iván desesperado.—Oh... Ok. —Respondió Hachiman.

Después de eso, ambos se agacharon para no quedar a la vista de la ventana, y se fueron a otra habitación, una sin ventanas, donde esperaron. Pasaron 1, 2, y 3 horas y la alarma no acaba y no acaba. Iván empezó a recordar todo lo que paso durante este tiempo y como la muerte le seguía. Después de mucho esperar, la alarma terminó. Iván se asomó por la ventana y no había nadie y recordó la primera vez que vio la ventana sin gente. Lo diferente de esa primera vez, era que ya no había pájaros, ningún sonido, el aire estaba más pesado, y el cielo dejó de ser azul, pasando a un tipo marrón claro. El polvo inundaba las calles y las casas, mientras que el óxido, a los metales. También destacaba la falta de electricidad.

Dejó de ver por la ventana, y se sentó en la cama.

—Oye y, ¿Cómo empezó todo? y ¿Por qué está así la Tierra? —Preguntó Hachiman.

—Serás la primera persona, bueno robot, a la que le contaré qué pasó, aún recuerdo el pánico de como comenzó. Sirenas por cualquier lado, soldados evacuando a los ciudadanos, histeria colectiva, las cosas atacando, la gente muriendo, gente reprochándome lo que hice, el gobierno cayendo, la poca gente en refugio en Japón. México no duró mucho y unos pocos quedaron en un buque de guerra donde murieron por la falta de comida supongo, y por las cosas. Y hay una larga historia de cómo llegué aquí recorriendo muchas partes de la república y de los Estados Unidos. Bueno, no te alcanzaría a contar todo porque estaríamos más de 1 hora hablando, ¿sabes?, deberíamos ver en la computadora. —Dijo Iván. Hachiman asintió con su cabeza robótica.

La computadora era un centro de mando del ejército donde se podían ver todas las cámaras de Acapulco y de del país. Además, se podían controlar los sistemas desde ahí mismo. Hachiman se conectó a la computadora y también obtuvo el control sobre todo. Se puso a ver la computadora días antes del accidente en el IPN, todo era normal en Acapulco. Al día siguiente del accidente parecía película del fin del mundo. Gente corriendo, caos. El tercer día la gente seguía caminando. Fue cuando sonó la alarma y todo empezó mal, desde las cámaras vio a las cosas llevándose a la gente, de la impresión cerro la pestaña. Iván se levantó y se fue a su departamento donde se fue se acostó y se durmió. Al día siguiente, Hachiman le llevo el desayuno.

—Muchas gracias Hachi, veo que es una sopa, ¿Te tomaste el tiempo de buscarla? Gracias. —Le dijo Iván a Hachiman.

—No hay de qué. —Le contestó Hachiman.

Después de comer la sopa Iván se levantó, se bañó y se cambió de ropa. Regresaron al departamento, siguieron examinando todo lo que pudieron y encontraron documentos no muy importantes. Iván se puso a examinar las cámaras del centro de control, y se dio cuenta que el objetivo de este centro de arriba de su departamento era vigilarlo hasta cuando se bañaba. Al ver la cámara y retroceder, vio el primer día de esta pesadilla. Iván se puso a reflexionar demasiado, siguió rebobinando las cámaras antes del accidente, y en una llegó con su familia. Él abrasaba a sus hijos. Pausó el video

—Al menos ellos están bien —Dijo Iván de manera triste.
—¿Quiénes son? —Preguntó Hachiman.

—Mi esposa y mis hijos. —Respondió Iván.

—¿Cómo es que ellos están bien si todos murieron? —Preguntó Hachiman.

—Ellos se fueron en una misión para salvar a la humanidad y ahora deberían estar alguna parte de Júpiter o ya fuera del sistema solar. —Respondió Iván.

—Podríamos ir con ellos —Dijo Hachiman. —¿Y cómo? —Cuestionó Iván.

—Simple, con el cohete que está en la plataforma de Acapulco. —Explicó Hachiman.

—¿Y tú como sabes eso? —Quiso saber Iván.

—Simple, cuando me conecté a la computadora, me llegó esta información de golpe, y si lo del cohete estaba ahí. Soy un robot, proceso toda información en segundos mientras que tu tardarías días. —Dijo Hachiman.

—Tienes razón, ¿de casualidad sabrás cómo es la nave y qué necesito? —Preguntó Iván.

—Claro espera, em… ya, es una nave experimental con motor de reacción nuclear echa por ti. Así son todas las naves Adán. Para encender la nave en modo manual, debes tener un código de lanzamiento, la tarjeta de acceso, del programa Adán, o de investigador del ejercito o del IPN, UNAM, etc. tu traje de vuelo. Eso es todo

—Dijo Hachiman. —¡Oh mierda! —Iván gritó y se levantó del escritorio de manera desesperada.

—¿Por qué gritas? -—Preguntó Hachiman.

—Mi-mi-mi tarjeta-ta está en México y está en el IPN, ¡Carajo!, ¡mierda! —Maldijo Iván.

—¡Oh! no sabía, pero deberíamos apurarnos, porque ya va caducar toda la poca comida que queda. —Exclamó Hachiman.

—Claro, solo déjame un minuto en mi casa, ya bajo, por mientras busca un carro que rinda, con mucha gasolina, porque también esa está fallando, anda ve. —Dijo Iván.

Hachiman se fue a buscar un carro, Iván fue a su departamento, casi corriendo, buscó en su ropero, sacó una camisa y se la puso. De su caja fuerte se llevó sus documentos y sus municiones extras. Salió de los condominios donde Hachiman lo esperaba con un carro negro ultra ahorrador de gasolina, y se metió dentro del carro como pasajero. Avanzaron directo, conduciendo empezó a conducir por la avenida.

—¿A dónde vamos Iván? —Preguntó Hachiman.

—Al Palacio de Gobierno de Guerrero, en Chilpancingo. Ahí tienen el código de lanzamiento. —Explicó Iván.

—Ok. —Respondió Hachiman.

Ambos se fueron a Chilpancingo de los Bravo, donde empezarían a buscar el código de lanzamiento.

Capítulo 15 Chilpancingo de los Bravo otra vez

Iván y Hachiman llegaron a Chilpancingo antes de ir al Palacio de Gobierno. Fueron al supermercado más grande para intentar comer algo, al llegar a este estuvieron buscando comida en buen estado, pero nada.

—Oye Hachiman, checa en la bodega porque aquí estaré buscando algunas cosas útiles para el trayecto. —Dijo Iván.

—Claro que si Iván. —Respondió Hachiman.

Hachiman buscó comida, fue de pasillo en pasillo, para ver si encontraba algo. Como el supermercado era gigante, como una bodega, tardó en encontrar lo que necesitaba. Tardó, pero encontró las cosas de supervivencia, como agua, baterías, linternas, artículos como hachas, etc. Después de sacar todo eso, regresó con la comida, que en sí eran latas.

—Eso era todo lo que quedaba que se pudiera comer. —Explicó Hachiman.

—No te preocupes. —Dijo Iván.

Fueron a la cocina del supermercado. Mientras Hachiman cocinaba con lo poco que encontró, Iván esperaba. En eso recordó que estaba casi desnutrido. Cuando se despertó casi un año atrás, estaba un poco gordito, y ahora se encontraba muy flaco. Cuando Hachiman llegó con la comida, Iván comió de manera algo apresurada. Después de un rato, fueron hacia el carro, pero algo lo atrajo a un carro que tenía la radio prendida e intentaba sintonizar algo.

—Oye Hachi, abre el carro y arráncalo. —Pidió Iván. Después de entrar al carro por el asiento del pasajero, intentó sintonizar la radio hasta que algo pasó.

—¡Wow!, em-em digo, por Dios, ¿Cómo sigues vivo? ya te había dado por muerto, ya te hiciste de un buen amigo, bueno, es un robot. Eso ya no importa, había perdido la fe en ti. Desde que te metiste a la máquina, esa vez que apareciste en Japón, para tu suerte no te fuiste de esta dimensión, ¿sabes?, desde que despertaste te estuve vigilando. Hasta que te apareciste aquí. No te puedo oír, no me hagas preguntas. Solo te aviso que, en aproximadamente 3 horas, las criaturas llegaran. De seguro ya lo sabes, pero debes ir al Palacio de Gobierno por el código de lanzamiento. No es un folder, es una USB de color naranja, con símbolos de las Naciones Unidas. La USB es grande, la podrás identificar. Te aviso tu tarjeta sigue ahí en el Politécnico, pero el ambiente de la Tierra se está contaminando y será un planeta inevitable en unos 2 años. Buena decisión de salir de este basurero, no te dejo de rodeos. Ve rápido, la USB está en la oficina de la gobernadora ¡Corre! —Explicó la voz misteriosa.

—Como dijo ¡Vamos rápido! —Exclamo Iván.

—Pero, ¿Quién es él? —Preguntó Hachiman.

—No lo sé, pero esa voz me ayudó. —Dijo Iván.

Después de eso, se metieron al carro y fueron directo al Palacio de Gobierno de Guerrero. Al llegar bajaron del carro casi corriendo. El portón estaba cerrado. No tuvo que decir nada, Hachiman abrió la puerta con su función de replicar sistemas de radiofrecuencias. Luego cerró el portón mientras ingresaban corriendo. Después de mucho rato encontraron la oficina de la gobernadora, donde todo parecía un desastre. Fue luego de buscar y buscar, que encontraron la USB.

—Aquí está —Dijo Iván.

—Bueno tenemos que irnos. —Dijo Hachiman.

—Espera ¿Qué hora es? —Preguntó Iván.

—Son las 5:35 de la tarde —Respondió Hachiman.

—¿A qué hora salimos del supermercado? —Preguntó Iván.

—A las 3:30 de la tarde.

—¡Oh Mierda! —Gritó Iván.

—¿Por qué insultas? Espera... O Dios ¡Córrele! Debemos irnos. —Dijo Hachiman.

—No nos dará tiempo. Ya sé, ¿por qué no vamos a mi casa?, tiene una habitación del pánico, está como a unos 4 minutos de aquí. Llegaríamos casi rozando, pero ni modo. Vámonos. —Respondió Iván.

Ambos salieron corriendo del recinto hasta el carro.

—No, yo conduzco. —Dijo Iván, luego se dispuso a conducir como corredor de carreras hasta su vieja casa. Al llegar, salieron sin decir una sola palabra.

Ingresaron con la huella a su vieja casa, cerrando la puerta. De Ahí fueron directo al cuarto de pánico, al entrar y cerrarla, empezó a sonar la alarma. Como estaban dentro del cuarto de seguridad, la alarma se escuchaba baja.

—¿Podemos platicar? —Preguntó Hachiman.

—No, ellos también oyen. —Explicó Iván. Pasaron los minutos, que se transformaron en horas, hasta que, al final Iván se terminó durmiendo.

Al día siguiente Iván fue despertado por Hachiman.

—¡Hey! Iván… Iván… Iván, despierta, despierta. No hay tiempo para dormirse. —Dijo Hachiman.

—Ahhh. Ok-ok —Respondió Iván adormilado, pero no tardó en despertarse.

—Te hice un poco de comida con la poca que se podía en tu alacena. —Explicó Hachiman.

Iván se dispuso a comer, al terminar se lavó las manos, la cara y subió al carro con Hachiman.

—¿Oye podemos ir a la zona militar a la de infantes? —Dijo Iván.

—Claro —Respondió Hachiman.

Después fueron al batallón de infantería, donde al entrar, extrañamente la puerta estaba abierta. Iván saco de ahí armas, municiones, y algunos objetos más. Después de esa rápida ida, ambos se dirigieron a la ciudad de México, en un viaje sin paradas.

Capítulo 17 en la Ciudad de México por Tercera Vez

Iban en camino a la Ciudad de México escuchando música.

—Oye me gustaría saber cómo surgieron las criaturas. —Preguntó Hachiman a Iván.

—Em-em no me gustaría decirte, es rara la historia, pero te contare una parte. Todo empezó 2 años antes del accidente, se descubrió una isla. No me quisieron contar qué paso en ella, pero sé que mucha gente murió ahí. Y, bueno, llegó una orden del presidente donde pedía que se investigara el viaje entre dimensiones. Así que estuvimos 2 años intentando con muchos científicos del IPN y de la UNAM hasta que un día lo logramos. Lo probamos un rato con experimentos donde enviábamos cosas a países. Por eso llegué a Japón. Hasta que el día de la presentación llegó, y paso el accidente, donde las criaturas aparecieron. En esa ocasión fui adsorbido hacia el portal. —Explicó Iván.

—Emm sí, pero ya dime qué pasó en la isla. Tengo funciones médicas y sé que estas mintiendo. Así que dime la verdad. Soy un robot, y no le digo a nadie. —Dijo Hachiman.

—Nah… pero sí sé algo bueno, rumores. En esa isla, un millonario intentó hacer algo, pero terminó con la parcial destrucción de la isla y la toma de ella por el gobierno. Al final, la clasificaron como una isla prohibida donde nadie podía entrar. Si tiene que ver con mi investigación… claro que no, y si te preguntabas, la isla está en el Océano Pacifico, a unos kilómetros de Baja California Sur. —Explicó Iván.

—Sé que estas mintiendo, lo presiento y pues, ya di. —Pidió Hachiman sin poder terminar porque fue interrumpido por Iván.

—Tenemos que ir al CIITEC[34] - IPN. No tenemos mucho tiempo, vamos.

—Dijo Iván. Después de eso, fueron al CIITEC por la mochila y la credencial.

—¿Qué paso aquí? —Preguntó Hachiman.

—Se quemó el edificio por el experimento en el último nivel. —Respondió Iván. Luego, se bajaron del carro, y se metieron por las instalaciones, donde vio el carro que llevó tiempo atrás.

—Oye, ¿me podrías dar un momento?, voy a ver algo aquí. —Pidió Iván a Hachiman.

—Ok. —Respondió Hachiman. Iván entró al viejo coche donde sacó algunas cosas, fotos de su familia, algunas herramientas, armas etc. junto a cosas que encontró en su camino. Al final casi vacío el carro y las puso en el nuevo. Luego de eso, entró con Hachiman al instituto, donde se pusieron a bajar y bajar las escaleras, hasta llegar al laboratorio secreto.

Después de algunos minutos bajando, por esas escaleras negras con una tenue luz y paredes quemadas, por fin pudieron llegar la puerta que estaba cerrada Hachiman no pudo abrirla porque tenía un sistema de seguridad impresionante y le faltaban habilidades para hacerlo. Sin

---

34 Centro de Investigación e Innovación Tecnológica.

embargo, el panel de reconocimiento de la palma de la mano aun funcionaba. Así que Iván limpió ligeramente el escáner y puso su mano. Luego de unos minutos, se abrió la puerta. Al entrar, volvió a ver esta habitación grande con los servidores. Al observar, Iván notó al fondo, junto a la máquina, la mochila que necesitaba. Antes de irse vio un folder rojo en el escritorio que estaba justo arriba y lo abrió cuando Hachiman no lo miraba. Iván encontró lo siguiente:

General secretario de la Defensa, presente

En el día de hoy se llevarán a cabo las prácticas para el funcionamiento de la máquina de transdimensionalidad que ayudará a comprender los sucesos ocurridos en la isla. Los científicos involucrados en el proyecto cuentan con un conocimiento previo de los hechos allí sucedidos. El científico en jefe será el encargado de realizar el encendido de la máquina, la cual ha sido programada para realizar una tarea específica: traer un objeto desde otra región del país que será mostrado en la pantalla del escritorio. Cabe mencionar que el viaje dimensional aún no ha sido probado en su totalidad y se llevarán a cabo las precauciones necesarias para garantizar la seguridad de los involucrados en el experimento.

Atentamente,

El Supremo Líder de las Fuerzas Armadas, el Presidente de los Estados Unidos Mexicanos.

Había más documentos que se podían leer, pero no los revisó porque sabía lo que había en ellos. Cuando Iván iba por su mochila en la sala de pruebas, recordó cómo fue tragado, cómo fue todo y cómo fue a parar al metro de Tokio. Agarró su mochila y regresó al mirador, donde se dispuso a buscar la cartera. Mientras esto pasaba, Hachiman se conectó a los servidores, extrajo y analizó la información de ellos.

Un rato después su conversación continuó.

—¡Perfecto!, te encontré una chulada de tarjeta. —Exclamó Iván.

—¿La encontraste? —Confirmó Hachiman.

—Claro, es hora de irnos a Acapulco. En el camino de regreso siguieron hablando.

—Esto es el fin, ya nos vamos de aquí. —Dijo Iván con melancolía.

—Tantos buenos recuerdos. Seré afortunado de estar vivo, o Dios me puso en el purgatorio. No lo sé, si el Vaticano hubiera mandado esa carta a tiempo no hubiera pasado todo esto, Dios mío…. Y supongo, Hachi, que ya lo sabes. Te conectaste al servidor. Eso hiciste de seguro, no me lo pregunto, solo lo pienso. Si supieras la verdad de lo que realmente pasó en esa isla, tu sistema se reiniciaría. Eso ya no importa solo me quiero ir de aquí. —Comentó Iván todavía con ese aire melancólico.

—Está bien, pero… ¿por qué?, ¿eran necesarios los rifles y la munición y la mochila? —Preguntó Hachiman.

—Son solo la mochila y los rifles por si acaso. —Respondió Iván.

Capítulo 18 Fin de Acapulco

—¿Qué maravilloso mundo no crees? Hachiman, antes todo era bonito, veía amigos saludando, bebés creciendo, parejas diciéndose que se aman, árboles verdes, rosas, cielo azul, el arcoíris en el cielo, familias disfrutando su vida, bebés llorando, y la gente siendo feliz. Todo eso fue destruido por mí, no sé cómo soportarlo. —Dijo Iván casi llorando. —No te preocupes Iván, todo va a salir bien ya casi te vas de este purgatorio, como dices —Respondió Hachiman intentado consolar a Iván. Después esa plática, llegaron a Acapulco, pero era algo diferente. Si antes estaba abandonado, ahora ya parecía un planeta como de película. Solo que ya sin animales.

—Hola si soy yo otra vez, ¿sabes?, ¿te acuerdas la vez que te dije que la humanidad dependía de ti?, todas las personas del programa Adán están en su nave, pero congeladas. Si alguien no las descongelar, nunca van a despertar. Así que tienes que llegar a despertarlos. Bueno Hachiman, listo para irse. Te envíe las coordenadas por radio frecuencia, ya tienen lista la USB y la tarjeta de Iván. Tienen que ir a la base naval, encontrar un helicóptero y usarlo para ir hacia la zona de lanzamiento. Ustedes pueden. Fin de las comunicaciones. —Dijo la voz misteriosa mediante la radio del auto.

—Oye, podríamos comer algo antes de irnos. —Comentó Iván haciendo un pulgar arriba. Se fueron al supermercado. Después de buscar, encontraron algo de comida que no requería ser cocinada. Luego de comerla, Iván se puso a pasear un rato por la costa, especialmente en la playa, reflexionando sobre su vida. Antes de ir a base naval fue con Hachiman a una iglesia, donde se sentó y reflexionó por unos minutos más.

—Es hora de irnos de aquí. —Dijo Iván mientras se levantaba del asiento de la iglesia.

Con Hachiman, se puso a conducir durante un rato hacia base naval mientras veía toda la costa y recordaba los buenos momentos. Cuando llegaron a base naval, ambos empezaron a meter todo en el helicóptero. Al terminar, Iván notó que en la radio del coche empezó a sonar una música. Al poco rato empezó a sonar la alarma. Pero esta vez era diferente. era más del tipo nuclear, más grave y retumbaba por toda la ciudad. Mientras escuchaba el canto de la muerte, Iván comenzó a sentirse alterado.

—Escuchen, métanse al helicóptero, ellos ya vienen, pero es la horda más grande, por eso el cambio de alarma. —Indicó la voz misteriosa desde la radio.

Iván se metió al helicóptero mientras veía la horda de criaturas acercarse a él. Hahiman encendió el helicóptero, mientras la horda ya estaba muy cerca. Ya en el aire, pero no tan lejos de tierra, las criaturas llegaron hasta debajo del helicóptero mientras destruían todo a su paso. Iván agarró las armas pesadas que había traído por si pasaba esto. Empezó a disparar a toda la horda de criaturas, los sonidos de balas, del helicóptero, y las criaturas retumbaban por todo Acapulco. Una de las criaturas saltó y se metió al helicóptero, Iván inmediatamente disparó en la cara de la criatura.

—¡Vallase al mismo infierno o regresen a su dimensión! ¡Demonios! —Gritó Iván mientras seguía disparando.

Después de un rato se fueron de la costa, pero la alarma seguía.

—Esto se acabó, ¿no lo crees Hachi?... ¿Hachi?... ¡HACHI! —Le gritó Iván a Hachiman, pero sin respuesta. Iván fue a la cabina de mando, donde vio a Hachiman agonizando por un golpe que le dio una pequeña criatura que se había metido sin que Iván se diera cuenta.

—¡Hachi no puedes irte! —Reclamó Iván llorando. —Fue un gusto estar contigo, toma el código y tu tarjeta. Llega, el helicóptero ya tiene las coordenadas ve. Yo estaré bien soy un robot, toma una parte de mi para que me recuerdes. Gracias por hacer que mi existencia sea buena, gracias, Iván. —Fue lo último que dijo Hachiman antes de apagarse. Iván empezó a llorar de la desesperación. Lo que el robot le había dado fue una foto de ellos juntos, y una SD[35] con las demás fotos.

Iván no podía perder más tiempo. Movió a su compañero robot y se dirigió a la plataforma de lanzamiento. Al aterrizar sacó su mochila y se despidió de su compañero.

—Gracias Hachi. —Le dijo a su compañero robot apagado.

Al ver la plataforma, una plataforma enorme con el cohete listo para despegar, y un helipuerto, aterrizó. Salió del helicóptero y se dirigió al centro de mando, uno futurista, muy grande y con muchas consolas de mando y pantallas, donde investigó cómo encender la maquina después de leer unos manuales.

Encendió el puesto de mando donde vio los lanzamientos anteriores. Además, de la información de su esposa e hijos, por lo que se alegró.

---

[35] Secure Digital es un dispositivo en formato de tarjeta de memoria para dispositivos portátiles (Wikipedia, 2023).

—Debes ir a la nave, sube las escaleras, ve al elevador, pero antes ponte tu traje de vuelo, y ya sabes. —Indicó la voz misteriosa por el megáfono.

En el centro de control, buscó el programa para iniciar el vuelo. Lo cambió a manual, y le puso la opción de activar desde nave. Le pidió su código de lanzamiento, lo puso en la ranura USB en el panel que era tan grande que una mesa de fiesta. Después le pidió la tarjeta, la ingresó con el chip que tenía. Luego de un rato, el programa lo autorizó. Iván puso control manual, para ceder controles a la nave y desactivó el control remoto, y otras funciones. Seguidamente, se salió y fue a la zona de preparación de vuelo.

—¿Sabes?, todo lo que quieras era irte con él, mételo en la maleta, la que es tan grande como tu mochila, al lado tuyo, y ponte tu traje de vuelo. —Después de eso, Iván se colocó todo el equipamiento, puso su mochila en la maleta, se subió con su traje de vuelo y sus otros equipamientos, y metió la mochila en la zona de equipaje.

La nave era tan grande como un edificio y ancha como unos condominios, con suficiente capacidad para 20 personas. Hasta gimnasio tenía. Era una monstruosidad de nave. Al subirse a ella, colocó la foto de su familia en una pantalla y en otra la de su compañero. Se acomodó y entonces estuvo listo para el lanzamiento.

—Estas listo. Ya sabes lo que debes hacer. Te deseo suerte. Fin de las comunicaciones. —Dijo la voz misteriosa.

Iván, presionó el botón de separación de la nave, y puso la cuenta regresiva, listo para abandonar el planeta.

—Inicio la cuenta de ignición 11… 10… 9… ignición… 8… 7… 6… 5… 4… 3… 2… 1… 0… Lanzamiento exitoso. —Confirmó la voz robótica de la computadora de vuelo. La nave despegó y el sonido de los motores se escuchaba desde la costa, donde las criaturas veían el lanzamiento del cohete. Iván miraba desde la ventana cómo se alejaba de la Tierra hasta que se alcanzó a distinguir México. Luego dejó la atmosfera y vio la curvatura de la Tierra. Ya no estaba en el planeta, estaba en el espacio exterior. La primera parte del cohete se separó y regreso a Tierra. La segunda etapa lo llevó a orbita alta, donde podía ver el planeta. Iván empezó a llorar sorprendido, pero regresó a ver el asiento del copiloto porque ya no estaba su compañero.

Mientras estaba en órbita, vio todos los países, y recordó todas sus aventuras. La nave le avisó a Iván que su objetivo era el arca. Pues, en realidad, juntaron a todas las naves para crear una super estación interplanetaria. Iván ingresó que sí estaba de acuerdo.

La nave y arca estaba en órbita con Júpiter y no ha avanzado. Iván confirmó el destino y los motores de la nave se encendieron, y con el piloto automático se dirigió a la estación

—Hey, soy yo otra vez, ya te puedes quitar el traje de vuelo y te recomido que comas algo en el comedor, después ve a la cámara criogénica[36] que está configurada para que te descongele cuando estés a punto de llegar la estación espacial. Eso es todo. —Dijo la voz misteriosa.

Fue al comedor donde había una máquina expendedora, que le despachó una comida que no tenía sabor, pero era nutritiva. Iván comió en un comedor algo grande que se sintió como un crucero interplanetario. Después de un rato curioseando por la nave, encontró la cámara criogénica donde había una tabla para escribir. Ahí escribió

---

[36] La criónica es la preservación de seres vivos a bajas temperaturas, (Wikipedia, 2023).

su nombre e información. Luego se metió en la cámara criogénica y se cerró la tapa de ella y se puso a dormir.

Capítulo 19 Todo Acabó.

18 meses después, aproximadamente, Iván despertó de su cámara criogénica llegando a Júpiter. Estando en órbita, tardaría unas horas en llegar a la nave y acoplarse. Se cambió de traje, sentía un frio muy fuerte. Al salir de la habitación ya seco, fue al observatorio, y cuando llegó vio a Júpiter tan cerca como nunca no lo había visto, junto a la estación espacial.

—Ponte tu traje de vuelo porque nos acoplaremos. —Dijo la voz misteriosa.

Iván se fue al centro de mando, donde se puso el traje y vio cómo la nave se acoplaba sin ayuda manual a la estación espacial. La estación era el triple de grande que la Estación Espacial Internacional, y en cada puerto de acoplamiento había una nave igual a la de Iván. "Acoplamiento exitoso" dijo una voz robótica cuando el movimiento fue completado. Iván fue a la sección de salida-entrada. Y cuando abrió la puerta, se dio cuenta que todo por lo que luchó funcionó y ya estaría a salvo. Al llegar, había un letrero que decía que se debía darse un baño de descontaminación. Iván se lo dio y se empezó a abrir la puerta con una voz robótica que decía "Bienvenido Mayor Iván al Arca de la Humanidad". En la sala principal no había nadie, pero era grande con muchas pantallas.

—La tecnología me sorprendió, todo esto en menos de 3 días —Se dijo Iván. Luego, se puso a curiosear por las instalaciones y encontró la sección de criogenización. Ahí encontró muchas camas con gente ocupándolas, menos una cámara que estaba cerrada, la de él. Vio un botón de parar descriogenizacion de emergencia y lo presionó sin pensar. Entonces observó que las cámaras se abrían y cómo la gente empezó a salir de ellas. Vio en el fondo a su esposa y sus hijos, su amigo y a personas lo que no había visto desde hace tiempo, famosos, científicos, lideres políticos, entre otros. Después que todos retomaron la conciencias, vieron a Iván.

—¡Papi! —Exclamaron los hijos de Iván mientras corrían a abrasarlo.

—Los ex -ex -extrañe —Dijo Iván llorando. Mientras abrazaba a sus hijos llegó su esposa.

—¿Cómo llegaste aquí, cariño?, ya te habíamos dado por muerto. Estás vivo, muy desnutrido, pero estas aquí. —Dijo la esposa de Iván llorando mientras caminaba hacia él.

—Es una larga historia. —Respondió Iván.

—Luego nos cuentas la historia. Espera que te revise el médico y te daremos tu habitación con nosotros.

Después de un rato Iván fue revisado por el médico, quien concluyó que su estado de salud era bueno, aunque debía de comer más. Iván regresó a la nave por su mochila, donde saco la SD de su viejo amigo. Cuando le enseñaron la habitación, vio una computadora, donde se sentó.

—¿Me podrían dejar solo unos minutos? —Preguntó Iván.

—Claro. —Dijo la persona que lo llevó a la habitación. Cuando ingreso la SD desde la computadora vio todas las fotos que tomó Hachiman hasta que vio una carpeta con la conciencia de Hachiman. Iván descomprimió los archivos, pero se dio cuenta de que antes necesitaba un cuerpo para su amigo. Así que se levantó y se puso a ver la habitación, la cual era grande y futurista con una pequeña ventana al exterior donde se veía el espacio profundo.

Después de salir se reencontró con su viejo amigo Giovanni.

—¡Que onda bro!, tanto tiempo si necesitas algo avísame. —Saludó Giovanni

—Claro. Oye, ¿tendrás un cuerpo de un robot amigable? -dijo —Preguntó Iván.

—Claro que sí. Justo traigo uno, tu asistente personal, está apagado, pero te ayudara. —Le dijo Giovanni a Iván mientras le daba la caja de un robot.

—Muchas gracias te veo más al rato Giovani. —Dijo Iván mientras se metía al cuarto donde abrió la caja del robot.

Sin prenderlo lo desarmó, sacó su memoria, y le colocó la de Hachiman. Cuando el robot despertó, tenía la personalidad de Hachiman y sus recuerdos.

Hachiman se fue con Iván a la habitación principal donde todos los esperaban.

—¿Quién es el? —Preguntó la multitud.

—Él es Hachiman, es la conciencia de un robot que me encontré en mi aventura, bueno es larga la historia,

—Oye ya debemos ir a la sala de criogenización. —Dijo la esposa de Iván.

—¿Por qué? —Preguntó Iván.

—Solo hazlo ya verás. Y por cierto, arreglaron las maquinas criogénicas. —Confirmó la esposa de Iván. Luego fueron a la zona criogénica donde se dispusieron a dormir.

150 Años Después

Después de un largo viaje, Iván y los demás tripulantes se despiertan de su sueño y al ver el paisaje se encuentran con el exoplaneta, su nuevo planeta.

—Esto es de lo que te hablaba —Dijo la esposa de Iván.
—Vaya, será nuestro nuevo hogar. El hogar de la humanidad. —Concluyó Iván.

—¿Sabes?, Mayor…. Antes de llegar, volveremos a usar tu máquina. —Comentó un científico a lado de Iván.

—Ok. —Dijo Iván.

Iván y la tripulación del arca estarán listos para colonizar el nuevo mundo y convertirlo en el nuevo hogar de la humanidad, en otras dimensiones van a requerir la ayuda de otras.

Epilogo

De seguro te quedaste con preguntas que tal vez te dejen pensado, que obra incompleta pero la verdad es otra, en otras dimensiones tendrán que enfrentar sus propios miedos y situaciones, esta obra podría ser tan extensa que podría resultar en más de 100 títulos. Este libro salió de inspiración de los tiktoter que según están en otra dimensión. Las posibilidades son infinitas, si te preguntas quién es la voz misteriosa, la respuesta será respondida en los libros, pero estará escondida ahí. Veo a mis lectores buscándolos en los libros de esta serie de libros.

Iván cambió su forma de ser para volverse en una persona que podría sobrevivir en el mundo de este libro. Eso sí, con ataques de pánico y ansiedad por la soledad que causa depresión y otras cosas. Iván logró sobrellevar todo esto para lograr llegar a la nave arca. ¿Qué es el arca? Según la Biblia, es el barco hecho por Noé para salvar a la humanidad y a los animales. Pero en esta historia no sería un barco sería una nave. Otra definición es esta: El arca de Noé es un barco que salvó a una generación de humanos y animales cuando el Dios de Israel decidió destruir la raza humana enviando un gran diluvio sobre la Tierra. La historia comparte muchos elementos con las de civilizaciones antiguas vecinas de Israel, entre ellos el concepto de un diluvio universal ocurrido por diversas razones (Denova, 2022). El diluvio no sería otro que la aparición de las criaturas, ¿qué son las criaturas, son criaturas? Cosas de 1.90 metros de altura, humanoides similares a demonios, pero no tanto. El lector tendrá que analizar la información dada en este libro para sacar las propias conclusiones. La imaginación no tiene límites.

GIO CANTO

Chilpancingo, GRO.

Solo en Este Mundo; Sujeto 001; Entre Dimensiones N° 1 de Gio Canto se imprimieron y distribuyeron a través de Amazon.com, Inc. y sus filiales. Para consultar la fecha de impresión y el lugar, por favor, consulte la última página

www.ingramcontent.com/pod-product-compliance
Lightning Source LLC
LaVergne TN
LVHW091325190726
843491LV00002B/568

* 9 7 8 6 0 7 2 9 5 0 0 5 4 *